Tuber magnatum pico
Tuber forma moscatum Ferry
Tuber indicum himalayensy
Tuber macrosporum vittadini
Choiromyces meandriformis
Tuber mesentericum vittadini

Klaus Wilhelm Gérard

Die Geheimnisse des Trüffelsuchers

Mit handverlesenen alten und
neuen Trüffelrezepten

Elf Illustrationen von Maximilian Fliessbach
gen. MARSILIUS

Piper
München Zürich

ISBN-13: 978-3-492-04778-4
ISBN-10: 3-492-04778-5

Gesamtherstellung: Kösel, Krugzell
Printed in Germany

www.piper.de

Inhalt

Auf die Trüffel gekommen

Tante Babette ist schuld

Ich glaube, damals, als sie mir das berühmte Regensburger Kochbuch von Marie Schandri schenkte, liebte meine Freundin mich wirklich noch, damals erzürnte sie der Gedanke an Straßburger Gänseleber mit der schwarzen Trüffel noch nicht. Bei dem Geschenk handelte es sich um eine alte Ausgabe des Kochbuchs, und auf dem Innendeckel stand ein handschriftlicher Bleistifteintrag von einer »Tante Babette«, die das Buch »ihrer lieben Nichte Agi zum 18. Geburtstag« geschenkt hatte. »Steingaden, 21. Mai 1896«.

Ich bekam das Buch Monate bevor mir meine Freundin an einem tristen Novembersonntag ihre Meinung bezüglich meiner Wochenendausflüge in das Elsaß bekanntgab. Ich unternahm sie zusammen mit meinem Schulfreund Klaus 194 (ich maß 182 Zentimeter, er 194). Sie könne diese nicht mehr hinnehmen und hätte auch sonst von mir die Nase voll. Das Kochbuch könne ich aber behalten.

Das hatte ich also davon. Davon, daß ich, kaum hatte ich Ende der sechziger Jahre das Abi in der Tasche, einen Großteil meines als Bandsänger und Gitarrist ersten selbstverdienten Geldes in die zu dieser Zeit wie die Pilze aus dem Boden schießenden *ristoranti* und *pizzerie* trug. Der Rest davon ging bei Wochenendreisen in das Elsaß drauf. Elsaß, das war auch damals schon der Inbegriff von Feinschmeckerei, höchster Kochkunst, unermeßlichen kulinarischen Genusses. Einer der unverschämt teuren Höhepunkte ist die *foie gras*, mitten darin liebevoll und verheißungsvoll eingebettet, ein schwarzes Juwel – das Stückchen Trüffel. Die Deutschen begannen gerade, ausschließlich trockenen Wein zum Essen zu trinken, da empfahl mir Monsieur Robert Kléber, der Kellner im *Au bon vivant* in Strasbourg, einen fruchtigen Gewürztraminer zur Gänseleber, der zudem in Form von braunen, zittrigen Aspikwürfeln um sie herum drapiert war.

In ganz kleinen Stücken verspeiste ich die *foie gras*, opferte sie nahezu. Und dann lag nur noch das Trüffelstückchen auf dem Teller. Die Entscheidung, dieses zu zerteilen oder gar im Ganzen zu essen, fiel mir, der ich um die Kürze des Genusses wußte, äußerst schwer. Doch, ehrlich gesagt, das kleine Schwarze schmeckte nach nichts! Nach mehreren Besuchen im *Au bon vivant*, die immer gleich abliefen – *foie gras, coquille St. Jacques au gratin, sorbet au citron au Marc de Gewurztraminer* – und ich Monsieur Kléber schon etwas besser kannte, fragte ich ihn vorsichtig über Trüffeln aus. Sie kommen aus dem Périgord und sind unheimlich teuer. Warum denn eigentlich, sie schmecken doch nach nichts. Oh – sie, die Trüffel, gibt sich, wenn die *foie gras* im Wasserbad gart, dieser hin, übergibt ihr uneigennützig ihren besonderen Geschmack – und hat dann selbst keinen mehr. Monsieur Kléber weiß so etwas, er ist gelernter Koch, hatte früher in Colmar ein Restaurant.

Als meine Freundin mich damals mir selbst überließ, blätterte ich zunächst betrübt in den Rezepten, fragte mich, wie wohl zwei Kilogramm blättlichst geschnittene und zwei Stunden in Wein gekochte Trüffeln schmecken und besuchte dann mein Lieblingsristorante *La Botte* in der Nachbarstadt Weilheim; der Trennungsschmerz war ein guter Grund dafür. Am Boden und in ein paar Regalen im Gewölbekeller des Ristorante standen eine Unmenge bauchiger Chiantiflaschen mit unsinnig langen Hälsen und in Strohmänteln. Auf jedem Tisch tropfte Wachs von einer flackernden Kerze auf die als Ständer benutzte rundliche Weinflasche und hinterließ um den Hals ein dickes, buntes, unordentliches Gebilde. Perry Como sang sanft und traurig für seine und meine Freundin »*And I love you so*«. Giovanni – alle Kellner hießen in dieser Zeit Giovanni – erkannte meinen Schmerz und pries mir wissend seufzend sofort eine Spezialität aus seiner Heimat an, die mich wieder glücklich machen würde. Er verschwand und kam *subito* mit einem mit Küchenkrepp ausgelegten Holzkästchen zurück. Das Ristorante war noch leer. Er setzte sich zu mir und erzählte mir von seiner Familie, die in einem kleinen Dörfchen in der norditalienischen

Region Piemont lebe. Sein Großvater hätte einen Hund und würde damit immer im Herbst Trüffeln suchen, weiße Trüffeln. Das wären die besten und teuersten, die es gibt. Sein Bruder sei vor einigen Tagen auf Besuch bei ihm gewesen und hätte einige Trüffeln und Wein im Gepäck gehabt.

Das weiße Gold

Eccolò, er nimmt eine Trüffel aus dem Kästchen und hält sie mir unter die Nase. Ein recht eigenartiger Geruch, ja Gestank. Erwartungsvoll mit großen Augen schaut mich Giovanni an, etwas enttäuscht von meiner zurückhaltenden Reaktion. »Du haste noch nie weiße Triffel ause Piemonte gegessen – e? Warte, i lasse dir ein paar Eiernudel machen, dann wirste du sehe.« Er verschwindet kurz und kommt mit zwei Gläsern und einer Flasche Barbera zurück. Schöne Farbe, kräftiges Bouquet, recht trocken, *salute*! Giovanni stellt das Glas ab, verschwindet erneut und bringt einen dampfenden Teller Tagliatelle, stellt ihn vor mich hin, holt einen kleinen Hobel, aus der Hosentasche, nimmt eine der Trüffeln in die Hand und hobelt sie in hauchdünnen Scheiben über die Nudeln. *Buon appetito!* Durch die Hitze der Nudeln verströmt das, was auf dem Teller liegt, einen betörenden Duft nach konzentrierter Brühe, ein wenig Knoblauch, Butter und weiß Gott noch was. Ich koste, bin glücklich und – schlagartig süchtig.

Anfang der achtziger Jahre lernte ich auf einem Kongreß in München den jungen italienischen Unternehmer Stefano Stocco kennen, der mich kurz darauf einlud, ihn in seinem Heimatort Saluzzo im Piemont zu besuchen. Sehr gerne nahm ich die Einladung an und bat ihn, ein Zimmer zu reservieren, einen Besuch bei einem Weinbauern in Barbaresco und ein schönes Abendessen mit Trüffeln zu organisieren. Es war Mitte Oktober.

Alles lief wie gewünscht. Stefano hatte mich in der Provinzhauptstadt Alba im Hotel *Savona* untergebracht. Gleich um die Ecke beginnt die Fußgängerzone, von der aus ich durch ein Tor in einen Hof geriet, in dem jeden Vormittag zur Trüffelzeit ab Oktober der berühmte Trüffelmarkt stattfindet. Sie sind mir unvergeßlich, diese Mengen von Trüffeln, fein säuberlich aufgereiht auf weißen Tüchern, daneben die Briefwaage – und überall dieser intensive, gasartige Trüffel-»Gestank«.

Hin und wieder sprechen mich alte Männer in verbeulten, altmodischen Sakkos an, wettergegerbte, unrasierte Gesichter. Sie lassen mich an ihrer wertvollen Ernte riechen, die sie in zerknülltem Papier aus der Tasche holen und mir mit Verschwörermiene verkaufen wollen. Davor hat mich Stefano gewarnt, und ich wehre ab. In dieser Atmosphäre erwartet sich mancher Laie gute Gelegenheiten für den Trüffelerwerb. Aber Vorsicht ist geboten: Die Trüffeln sind nicht geputzt. Oft bemerkt der Käufer erst beim Reinigen der Trüffeln einen Lehmbatzen, der breit auf die durch die Hundekralle entstandene Beschädigung gedrückt wurde. Das macht gut zehn bis 15 Gramm aus. Ganz böse *trifolai*, heißt es, sollen sogar Schrotkugeln in die Trüffeln drücken, um sie schwerer zu machen. So eine Überraschung will ich nicht erleben, zumal der Preis des Trüffelsuchers, des *trifolao*, zu akzeptieren ist; handeln geht nicht; das wäre eine Beleidigung, da die allermeisten *trifolai* bodenständig und ehrlich sind und nur das verlangen, was auch angebracht ist.

Der trifolao, seine Hunde und der tedesco

Stefano holt mich gegen Mittag ab. Wir sind bei der Weinbauernfamilie Musso eingeladen, die in Barbaresco lebt und einen der besten Baberas, Nebbiolos und Barbarescos herstellt, wie mir versichert wurde, denn es gibt nur beste Weine hier. Valter, der Junior, Augusto, der Papa, und Sebastiano, der Großvater, *il nonno*, an die 80 Jahre alt. Die Sonne scheint, wir – Valter, Augusto, Stefano und ich – sitzen auf der Terrasse am gedeckten Tisch; unter uns die Weinberge. *Pasta al ragout*, dazu einen 78er Barbaresco.

Hundegebell macht mich aufmerksam. Unterhalb der Terrasse sehe ich einen kleinen Hundezwinger mit zwei mittelgroßen, weißen Hunden. Das sind die Hunde von *il nonno*, mit denen er auf Trüffelsuche geht. Ich traue meinen Ohren nicht. Kaum kann ich meine Erregung unterdrücken. »Meinst du,

Sebastiano nimmt mich einmal auf Trüffelsuche mit?« Valter runzelt die Stirne, verspricht aber, mit *il nonno* zu sprechen. Papa Augusto zeigt mir nach dem Essen den Weinkeller und spaziert mit mir durch die Weinberge. Als wir zurückkommen, teilt mir Valter die frohe Botschaft mit: ich sollte am nächsten Morgen um vier Uhr in der *azienda* sein, sein Großvater würde mich mitnehmen – ausnahmsweise. Ich bräuchte feste Schuhe, widerstandsfähige Jacke und Hose.

Dunkel ist es noch, als ich am nächsten frühen Morgen auf den Hof der Familie Musso fahre, doch der abnehmende Mond läßt Umrisse recht gut erkennen. Sebastiano wartet schon auf mich; einen der Hunde hat er an der Leine, in der anderen Hand eine Taschenlampe. Im Mondschein kann ich sein runzeliges, kleines, nicht sehr freundliches Gesicht erkennen. Er ist zwischen ein Meter fünfzig und ein Meter sechzig groß, dürr, etwas gebückt. Ein knurriges »*duma*«, was auch immer das heißen mag, und los geht's in Richtung Weinberge, ich in gebührendem Abstand hinterher, aufgeregt wie bei einem ersten Rendezvous. Ein Traum beginnt in Erfüllung zu gehen. Ich koste diese Freude aus. Es geht den Weinberg hinab, dann wieder bergauf. Die Luft ist kühl und feucht, der Hund – die Schnauze am Boden, immer zehn bis 20 Meter vor *il nonno*, der an mich außer dem »*duma*« noch kein einziges Wort gerichtet hat. Später erfahre ich von seiner Zeit in Deutschland als Zwangsarbeiter während der Zeit des Faschismus. Welche Gedanken mußten diesem alten Mann durch den Kopf gegangen sein, der jetzt *un tedesco* auf Trüffelsuche mitnimmt. Jeder echte *trifolao* ist lieber alleine unterwegs. Keiner möchte anderen die Stellen zeigen, an denen sein Hund fündig werden könnte. Vielleicht ist er gar nicht so mürrisch, wie er aussieht, vielleicht haben ihn auch die Mengen überzeugt, die ich damals von dem wunderbaren Barbaresco der Familie Musso mit nach Deutschland nahm.

Da, Diana, die Trüffelhundedame, verhält, schnüffelt und beginnt zu scharren. Ich erstarre nahezu vor Ehrfurcht. Sebastiano geht ganz ruhig zu der Stelle, an der Diana noch immer scharrt, und holt seine *zappa*, eine Art Hacke, aus einer Gürtelschlaufe, kniet nieder, drängt Diana beiseite, hackt vorsichtig den feuchten lehmigen Boden auf und holt schließlich einen hühnereigroßen Lehmklumpen aus dem zehn Zentimeter tiefen Loch heraus. Er schält den Lehm vorsichtig ab – eine Trüffel! *Il nonno* verzieht keine Miene, Diana bekommt ein Stück trockenes Weißbrot aus der rechten Jackentasche und wird gestreichelt. Die Trüffel verschwindet in der linken Jackentasche, das Loch wird mit der herausgescharrten Erde verfüllt. Weiter geht's. Zu mir – kein Wort. Nach drei Stunden Wanderung durch Hasel- und Eichenwäldern beträgt die Ernte sechs Trüffeln, die kleinste fünf Gramm – so groß wie eine Haselnuß – bis 50 Gramm in der Größe eines Hühnereis. Es ist taghell, als wir wieder zurück zum Weinberg unter der Terrasse kommen. Diana wird von der Hundekollegin freudig begrüßt und kommt in den Zwinger. *Il nonno* verschwindet im Haus, und Valter wartet schon im Hof. Er will wissen, wie es war und ob sein

Großvater mit mir gesprochen hat. Außer »*duma*« nichts. »Oh, dann mag er dich. *Duma* ist Dialekt und bedeutet soviel wie ›los geht's‹. Ihr habt etwas gefunden? Dann werde ich *mamma* Rita vorschlagen, für heute Mittag frische Tagliatelle zu schneiden, und Sebastiano ein paar Trüffelchen abbetteln.«

Ich darf wieder mit

Mezzogiornomezzo, halb eins. Herrliches Wetter. Auf der Terrasse der Tisch mit sechs Gedecken. Bunte Plastiktischdecke. Am Tisch Augusto, Valter, sein Schwager, dessen Bruder und ich. Valter sagte mir, *»il nonno* ißt heute mit uns«. Damit hatte ich nicht gerechnet. *Mamma* Rita trägt eine große, ovale Porzellanplatte mit dampfenden Tagliatelle aus der Küche heraus, Sebastiano bringt ein Tellerchen mit drei Trüffeln, sauber geputzt, und einen Trüffelhobel und nimmt am Tisch Platz. Da ich noch keine Gelegenheit hatte, versuche ich mich jetzt bei ihm zu bedanken. Er will wissen, ob ich zufrieden sei, schneidet aber meine Dankesworte mit einem kurzen *»mangiamo«*, essen wir, ab. Die Nudelzange geht herum, jeder legt sich gut auf. Augusto nimmt den Hobel und beginnt über meine Tagliatelle eine Menge Trüffelscheiben zu hobeln. Mein zurückhaltendes, aber höfliches *»basta«* überhört er erfreulicherweise. Alle haben Trüffeln auf der *pasta,* nur Sebastiano noch nicht. Ich weise dezent darauf hin, doch er wehrt ab. Er mag keine Trüffeln, klärt mich Augusto auf. Die vormittags von *mamma* Rita aus Truthahneiern handgemachten kräftiggelben Tagliatelle sind ein Genuß; nur in Butter geschwenkt, und die Trüffeln duften unvergleichlich – bei göttlichem Geschmack und dem besonderen Gefühl, bei der Ernte dabeigewesen zu sein. Rita kommt an den Tisch, und alle loben ihre Nudeln. Ihre Portion wird sie in der Küche zu sich nehmen; erst, wenn alle fertig sind. Zunächst gibt es noch gegrilltes Lamm und Schwein und schließlich einen *budino*, einen Schokoladenpudding. Beim Grappa fragt mich Sebastiano, ob ich mit ihm, Diana und Pora, dem zweiten Hund, am nächsten Tag noch mal mitgehen will. Und ob ich gerne würde! Aber ich muß zurück nach Deutschland. Ein paar Tage später ruft mich Valter an. Ich danke ihm nochmals für die Gastfreundschaft und sage ihm, daß ich hoffe, wieder einmal mit Sebastiano auf Trüffelsuche gehen zu können. Das wird schwierig, meint Valter. Gestern wurden beide Hunde von *il nonno* vergiftet. Sie haben ausgelegte vergiftete Fleischbällchen gefressen und waren nach ein paar Minuten tot. Was für eine schreckliche Nachricht mußte das für *il nonno* gewesen sein. Die Besitzer der Tiere sind vollkommen ohnmächtig, denn jede Hilfe kommt zu spät, und die feigen Verbrecher werden fast nie gefaßt. Ein halbes Jahr später starb *il nonno* Sebastiano Musso.

Ein dekorativ vergammelter Steinhaufen

Die Marken oder *le Marche* sind eine wenig bekannte Region an der Adria mit der Hauptstadt Ancona, 150 km lang, 70 km breit, 260 Gemeinden, 246 Museen und Pinakotheken. Wenn man nach Italien hinunterschaut, links von der Toscana an der Adria. Die Marken sind auch heute noch ein Geheimtip und bleiben vom Massentourismus weitgehend verschont. Früher gehörten sie zum Kirchenstaat. Aus dieser Zeit stammt ein in Italien immer noch aktuelles Sprichwort: Lieber eine Leiche im Keller, als einen *Marchigiano* vor der Haustüre. Es stammten nämlich mehrere Päpste aus den Marken, und diese setzten ihre Landsleute gerne als verläßliche Steuereintreiber ein.

1993 kauften meine Frau Angela und ich ein altes Bauernhaus in den Marken, eher ein dekorativ vergammelter Steinhaufen in traumhafter Lage. Freunde und Verwandte erklärten uns für verrückt und versuchten, uns von diesem Projekt abzuhalten. Vergeblich. Und so entstand nach großem Arbeitseinsatz und viel Spaß eine zweite Heimat am Ortsrand des malerischen Städtchens Monte San Vito unweit von Ancona.

Eines Tages kommt mir in Erinnerung, daß ich damals in Alba in einem kleinen Feinkostgeschäft in großen, flachen Körben, geputzt und dekorativ dargeboten, Trüffeln gesehen habe: *tartufo bianco di Alba*, zwei Millionen Lire das Kilo. Daneben *tartufo bianco, le Marche*, eine Million zweihunderttausend Lire. Ja, es gibt auch Trüffeln in Mittelitalien. Sie sind billiger, weil sie nicht so gut sind wie unsere hier im Piemont, hatte mir der Verkäufer im Feinkostladen erklärt. Nach langem, hartnäckigen Herumfragen finden wir schließlich zwei *trattorie*, in denen es einige Gerichte für Süchtige wie mich gibt: gebutterte Tagliatelle, *passatelli* in kräftiger Truthahnbrühe, warmer Käse und darüber unanständig viele weiße, hingehobelte Trüffelscheiben – eine erschwingliche kulinarische Glückseligkeit; der Himmel für den Feinschmecker. Es fällt mir schwer, einen Unterschied zu den Trüffeln im Piemont festzustellen. Ich will mehr über diese göttlichen runden Dinger erfahren.

Von den Erfahrungen eines Trüffelnovizen

Avvocato Giovanni vermeidet es gern, mittwochs in seiner Kanzlei zu sein. Lieber ist er mit seinem Hund Pippo auf Trüffelsuche in den Marken. In aller Herrgottsfrühe.

Halb vier. Brutal erinnert mich der Wecker an mein Versprechen, um halb fünf Uhr unter der Brücke der Ausfahrt Jesi Centro der *superstrada* Ancona – Rom zu sein. Ich mache mich fertig und vermeide es dabei, in den Spiegel zu schauen. Der Espresso, der mich eigentlich wach machen soll, bewirkt gar nichts, da die Maschine noch nicht warm genug ist.

Es ist der 1. Juni und heute beginnt die Saison der schwarzen Trüffeln. Die Schnellstraße ist voll von den Pendlern, die sich auf ihre Arbeit in Rom freuen. Radio Lattemiele liefert *Pino Danieles »Je so' pazzo'«*, als ich die Abfahrt Jesi Centro nehme. Mein Trüffeltutor ist noch nicht da. Ich parke meinen Fiat Uno unter der Brücke. Es ist schon hell, und die kühle, feuchte Luft weht durch das heruntergekurbelte Fenster der Fahrertür herein. Ein uralter Fünfer-BMW dieselt mir kurz darauf fast in den Kofferraum. Ein Mensch in verbeulter, schmutziger Hose und einer fleckigen gelben Jacke steigt aus. Giovanni.

Unter der Brücke

Vor ein paar Tagen, als wir zusammen in einem Restaurant am Meer in Senigallia ein vorzügliches Fisch-Menü genossen, sah dieser Herr noch ganz so aus, wie man sich einen seriösen Rechtsanwalt vorstellt. Dunkelblauer Anzug mit Weste, Krawatte und Einstecktuch, kastanienbraunes Haar und ein Hauch von edlem Aftershave. Über das wundervolle Menü kamen wir auf die drei schönsten Dinge im Leben zu sprechen. Dazu zählt Giovannis größte Leidenschaft: Trüffeln. Ich horchte auf und fragte sofort nach. Giovanni hatte vier Trüffelhunde! Ich wurde unruhig. Er geht in der Saison mehrmals wöchentlich auf Trüffelsuche. Am 1. Juni beginnt die neue Saison.

Als wir beim Essen saßen, waren es bis dahin noch drei Tage.

Kann man eigentlich auch mit Begleitung auf Trüffelsuche gehen, fragte ich beiläufig.

Aber sicher, willst du mitgehen? Du bist mein Freund, wann hast du Zeit? Immer!

Also einigten wir uns auf den 1. Juni um halb fünf unter der Brücke an der Ausfahrt Jesi Centro der *superstrada*.

Ich steige in den Klapper-BMW um. Der Handschuhfachdeckel ist mit einem Draht zugebunden, in der Ablage unter dem Armaturenbrett liegen wüst durcheinander eine Rechnung vom Wasserwerk, ein paar Bankauszüge, zerknülltes Papier, einige Lirescheine und Münzen. Es riecht nach Erde, und ich bilde mir ein – auch ein wenig nach Trüffeln. Wahrscheinlich sind das die ersten Halluzinationen eines Süchtigen.

Um auf Giovanni keinen gänzlich unbedarften Eindruck zu machen, habe ich am Abend zuvor in einem Pilzebuch noch schnell Grundsätzliches über Trüffeln nachgelesen: Tuber, Gattung der Schlauchpilze, deren Myzel oder Fadengeflecht im Waldboden lebt und mit den Wurzeln von Waldbäumen eine Mykorrhiza, eine Lebensgemeinschaft zwischen Baumwurzeln und Pilzen, bildet. Die unterirdischen, kartoffelähnlichen Fruchtkörper haben oft warzige Haut und sind innen marmoriert durch hellere und dunklere gewundene Gänge, die mit Fruchtschicht ausgekleidet sind. Diese Schicht enthält Sporenschläuche mit meist nur je vier stacheligen oder netzadrigen Sporen. Reife Fruchtkörper zerfallen durch Fäulnis und geben die Sporen an das Erdreich zur eigenen Reproduktion ab. Das muß man wissen!

Wir fahren los, wieder auf die *superstrada* in Richtung Rom über Monte Roberto, Rosora bis kurz vor Fabriano, es ist nicht mehr weit nach Umbrien. Wo ist denn eigentlich der Hund? Giovanni deutet mit dem Daumen nach hinten. Im Kofferraum. Armes Vieh, denke ich.

Wir verlassen die *superstrada* und fahren an der romanischen Abtei *Santa Elena* vorbei in Richtung Montefiascone, immer weiter in die Berge, die hier immerhin schon bis zu 800 Meter hoch sind. Die Dörfer werden immer kleiner und ärmlicher, sind nahezu menschenleer. Die schmale, aber geteerte, steile Straße geht in einen holprigen Feldweg über, unter Bäumen hindurch, ein, zwei Abzweigungen, und wir sind mitten im Mischwald. Buchen, Ahorn, Haselsträucher, Eichen, Fichten. Der BMW fährt unter tiefhängenden, dichtbelaubten Ästen hindurch. Wir stellen ihn schließlich gut getarnt auf einem weichen Waldweg ab. Wo ist denn nun der Hund? Endlich öffnet Giovanni den Kofferraum, holt eine abgewetzte, olivgrüne Umhängetasche und die *vanghetta*, das lanzenartige Grabwerkzeug, hervor. Und da ist ja auch der Hund. Erwartungsvoll schaut er aus dem Kofferraum heraus sein Herrchen an und wartet auf das »*vieni*«. Ein Sprung, und aus dem geduldigen Tier wird ein energiegeladener, umherwürmelnder Spürhund.

Pippo beschnüffelt mich prüfend. Da ich nicht nach Trüffeln rieche, versiegt sein Interesse schnell, und er beginnt seine Kreise um sein Herrchen zu ziehen, die langsam größer werden. Die Schnauze am Boden, eifrig schnaubend entdeckt er sicher schon gleich die erste Trüffel. Da, er fixiert eine Stelle. Läuft zu Herrchen zurück und wieder zu dieser Stelle und – markiert. Auch ein Hund muß mal müssen.

Wir sind aufbruchbereit, und Pippo hat mittlerweile schon gut zwei Dutzend seiner Lieblingsbäume auf seine Art begrüßt.

Er ist ein Mischling, vielleicht ein bißchen Spaniel, Jagdhund, etwas Dalmatiner. Seine Grundfarbe ist weiß, er ist mittelgroß, drahtig, beweglich. Im Gesicht trägt er eine schwarze Sonnenbrille und auf dem Rücken einen schwarzen, kreisrunden Sattel. Ein guter *trifolao*, so heißt sowohl der Hund als auch der Trüffelsucher, kostet an die zehn Millionen Lire – das entspricht 5000 Euro.

Sag mir, wo die Trüffeln sind

Es ist wichtig zu wissen, wo die *tartufaie* sind. Diese Stellen im Wald unter Bäumen oder Büschen haben kaum oder nur trokkenes Gras, teilweise sind Steine zu sehen. Bei großen Bäumen sind Trüffeln bis zu fünf Metern und mehr vom Baumstamm entfernt an deren Wurzeln zu finden. Bei kleineren Bäumen oder Büschen in der Nähe der Hauptwurzel, übrigens auch unter großen Ginster- und Wacholdersträuchern.

Zu dieser Tageszeit ist die Luft rein und feucht. Der Hund ist ausgeruht und äußerst sensibel. Heute ist er mit besonderer Begeisterung bei der Sache, da er schon seit Mitte März nicht mehr auf Trüffelsuche war. Es herrscht Jagdfieber bei allen Beteiligten. Wir brechen wegen der klaren Luft so früh am Tag auf, aber auch, um als erste an den Fundstellen zu sein. Wie Pilze finden sich Trüffeln immer wieder an den gleichen Stellen. Mit einiger Erfahrung, mühevoll und über viele Jahre erarbeitet, kennt der Trüffelsucher die Plätze. Tips von Kollegen gibt es nicht. Eifersüchtig behält jeder seine wertvollen Geheimnisse für sich. Da geht es um Ehre – und um viel Geld.

Giovanni empfiehlt Pippo, zunächst den Hang linker Hand aufzusteigen. Ein lichter, noch nicht allzu alter Wald. Pippo hält an und schnüffelt aufgeregt an einem Ort, den ich sofort als *tartufaia* erkenne. Seine Kreise werden kleiner, er wittert sich an einer Stelle fest und beginnt zuerst verhalten, dann wie wild zu scharren, zuerst vorsichtig, dann schneller. *Fermati!* Halt! Kein Scharren mehr, Pippo duckt sich und schaut auf sein Herrchen. Das Herrchen nimmt die *vanghetta* und geht an die vermeintliche Fundstelle. Diese *vanghetta* oder *vanghina* ist eine Art Lanze mit einem dicken Holzschaft, an die 60 Zentimeter lang. Damit kann der Trüffelsucher stoßen, graben und Erde beiseite räumen. Giovanni gräbt vorsichtig. Nach zehn Zentimetern zeigt sich ein Trüffelchen in der Größe einer Haselnuß. Pippo bekommt ein Leckerli, Herrchen schiebt die Erde wieder vorsichtig in die kleine Grube. Das steht im Lehrbuch, das für die Prüfung vor einer *Commissione provinciale* zur Erlangung eines *permesso*, einer Lizenz, die zum Trüffelsuchen berechtigt, am besten auswendig zu lernen ist. Dieser Schein, der *tesserino per la ricerca di tartufi*, der von der Forstbehörde nach einer schriftlichen und einer mündlichen Prüfung erteilt wird, ist seit 1982 gesetzliche Vorschrift. Vorher war die Suche für jederhund frei.

Bis in die zwanziger Jahre des vergangenen Jahrhunderts wurden Trüffeln mit Schweinen gesucht, denen ein Eisenring über die Schnauze geschoben wurde, damit sie sich nicht selbst bedienen konnten. Im französischen Périgord und in einigen anderen Gebieten geschieht das auch heute noch auf diese Art. Um besonders geeignete Tiere zu erkennen, steckte der Hirte eine reife Trüffel auf einen Stecken und ging damit durch die Herde hindurch. Schweine, die ihm folgten, wurden lebensverlängernd als *trifolao* erkannt.

Giovanni hat heute auf Aftershave verzichtet und kein Cool Water aufgelegt, da es Pippo irritieren könnte. Es geht weiter recht steil bergauf, was mir etwas den Atem nimmt. Der Boden ist weich, und wir ziehen uns immer wieder an kleinen Bäumen und Ästen nach oben. Erleichtert stelle ich fest, daß auch Giovanni japst, denn Pippo hält uns auf Trab. Jetzt, wo wir fast oben sind, rennt er wieder nach unten. Er hat wieder eine Spur. Wir laufen hinterher, rutschen mehr, als daß wir laufen, und kommen kurz vor einem Abbruch mit einem Überhang zum Stehen. Gut einen Meter unterhalb steht Pippo auf den Hinterbeinen und scharrt. *Fermati!* Wir rutschen zu dem Hund hinunter, kommen wieder auf die Beine, Pippo duckt sich, die *vanghetta* gräbt, und schon purzelt uns ein nettes Trüffelchen entgegen. 60 Gramm, taxiert Giovanni zufrieden und hält mir den Trüffelpilz unter die Nase. Zuerst Erdgeruch, dann trüffelt es ordentlich, und mir kommen schöne Gedanken. *Andiamo*, gehen wir weiter. Schon ist die Trüffel in Giovannis Botanikertasche verschwunden, und Pippo hat sein Leckerli.

Stell dich nicht dümmer, als du bist!

Nun haben wir den mit Laubbäumen bewachsenen Bergkamm erreicht. Nordwestlich unter uns liegt Fabriano. Es riecht nach Erde, nach feuchtem Laub. Pippo wittert wieder und dreht geschäftig seine Kreise. Giovanni ermuntert ihn mit einem *Su, su! Si-hi-hi-h-i. Bra-ha-ha-hav', su, su!* Pippo kommt und will eine Belohnung. Schaut Giovanni auffordernd an. *Su! Su! Non mi fai il stupido*, stell dich nicht dümmer, als du bist! Pippo zieht seine Kreise. Unter einem Haselbusch erstarrt er kurz, dann ein heftiges Einsaugen der Luft, ein Glucksen, ein wildes Scharren. *Fermati!* Der Hund hört sofort auf, duckt sich und schaut zu Giovanni, der an die Stelle eilt. Die *vanghetta* in der Hand, geht er auf die Knie, stößt vorsichtig in den Boden und räumt die Erde beiseite. 20 Zentimeter, dann Lobrufe für Pippo. Ein Gegenstand, groß wie ein Hühnerei, mit schwarzer, grobgewarzter Oberfläche kommt zum Vorschein. Eine 70-Gramm-Trüffel verschwindet in der Umhängetasche! Pippo wird ausgiebig gelobt. Die Grube wird mit der *vanghetta* wieder zugeschoben und die Erde leicht angedrückt. Es ist kaum zu erkennen, daß hier gegraben wurde. Wird eine Fundstelle wieder verschlossen, werden dort im nächsten Jahr wieder Trüffeln wachsen, und andere Trüffelsucher ahnen nichts davon.

Wir steigen weiter talabwärts, rutschen über eine Böschung auf einen Waldweg, den wir bergab einschlagen. Zur Böschung hin steht eine hüfthohe Kante. Pippo wittert und stellt sich auf, um zu scharren. Die Erde und ein paar Steine rieseln. *Fermati!* Er duckt sich. Die *vanghetta* übernimmt. Eine Handbreit weiter poltert uns ein ovales schwarzes Ding entgegen und bleibt auf dem Waldweg liegen. Noch mal 60 Gramm! *Bra-hav', bravo.* Pippo bekommt sein Stück Hundekuchen, alle freuen sich. Tasche auf, das duftet! Trüffel rein, und rasch wieder schließen. Wir gehen weiter den Waldweg entlang. Giovanni passiert eine alte Buche, die drei Meter unterhalb steht, und fixiert den linken Wegrand. Pippo läuft weit vor uns her. *Vedi!* Giovanni deutet auf eine leichte Erhebung am Rande des ausgefahrenen Weges. Ein sicherer Griff mit Daumen und Zeigefinger und eine walnußgroße schwarze Trüffel verschwindet in der Tasche.

Ich kenne noch ein paar *tartufaie* hinter dem Monte Fiascone. Mit dem Auto fahren wir über einen kleinen Paß auf ein kleines Plateau, das wir überqueren. Eine Kiesstraße führt bergab in ein dichtbewaldetes Tal. Hier lassen wir den BMW stehen. Pippo springt aus seinem Kofferraum. *Vieni! Vanghetta* und Tasche umgehängt, und weiter geht's. Ein schmaler Saumpfad führt uns den steilen Berg hinauf. Pippo voran. Er schnüffelt und wieselt durch den Wald. Wir gehen weiter bis zu einer zum Tal abfallenden Lichtung, auf der einige kleine Eichen wachsen. Der Boden ist nahezu ohne Gras. Eine *tartufaia* wie im Lehrbuch. Auch Pippo ist dieser Meinung und wittert sich fest. Er scharrt, *fermati!* Er duckt sich, er gräbt. Nichts. Pippo steckt die Schnauze in die kleine Grube und beginnt wieder zu scharren.

Fermati! Wir graben weiter, schieben die Erde aus dem Loch. Es hat sich gelohnt: 80 Gramm! Halb umschlossen mit feuchter Erde, als Trüffel kaum zu erkennen. Doppelte Belohnung für den Finder, die Grube wird wieder zugefüllt und die Spuren mit dürrem Laub und kleinen Ästen getarnt.

Mittag ist schon vorbei, meldet mein Magen. Giovanni schlägt vor, im nächsten Ort eine Kleinigkeit zu essen. Wir erreichen Angeli di Rosora, ein verschlafenes Örtchen an der *superstrada*. Giovanni hält an einem Gebäude, das von einem großen Sattelschlepper vollkommen verdeckt wird. *Pranziamo* – essen wir zu Mittag! Hier?

Sollen sie darben von Januar bis September

Avvocato! Ciao. Ernesto, der Wirt, an die dreißig Jahre alt, in einer karierten Metzgerhose, im Unterhemd, ein Handtuch über dem Unterarm der linken Hand, die den Stiel einer großen, dampfenden Aluminiumkasserolle hält. Kommt herein, ich habe für euch eine *pasta bianco al cinghiale*. Er verschwindet hinter dem Plastikvorhang vor der Eingangstüre, die zum Gastraum führt, in dem zehn kleine Tische stehen. Bis auf zwei sind alle besetzt. Kaum sitzen wir, haben wir schon die *pasta* mit Wildschweinsauce in unseren tiefen Tellern. Da, nimm diese beiden *tartufi* und bürste sie ordentlich. Giovanni holt aus der unergründlichen Umhängetasche eine Bürste, die er mir gibt. Wir werden sie auf die *pasta* geben. Kurz darauf hobelt er – auch der Hobel taucht aus der Universaltasche auf – eine der beiden feuchtschwarzen, sauberen Trüffeln über unsere Nudeln, bläht die Nasenflügel – *senti!* und verdreht die Augen. Die ersten frischen *scorzone* (vulgo für Sommertrüffeln) in diesem Jahr!

Du mußt aber etwas Salz und Pfeffer daraufgeben. Das sind keine weißen Trüffeln, weißt du. Du mußt dich freimachen von deiner Ehrfurcht vor der weißen Trüffel. Die schwarzen sind anders als die weißen und kulinarisch sehr vielseitig einzusetzen. Du kannst, ja du mußt würzen. Bei einer *spaghettata* zum Beispiel auch mit etwas Knoblauch oder Parmesan. Leute, die nur die weißen Trüffeln kennen, werden ein verächtliches Lächeln für derartige Geschmacksvarianten haben. Lassen wir sie eben von Januar bis September darben!

Wir begleichen die Rechnung und verabschieden uns. *Telefoniamo,* ruft Giovanni dem Wirt noch im Hinausgehen zu und macht die historische italienische Telefonierbewegung, die linke Hand mit weit abgespreiztem kleinen Finger zum Mund und dem Daumen zum Ohr zeigend, die übrigen drei Finger eingeklappt, die rechte Hand mit Kurbelbewegung. *Ciao.* Kurz darauf biegen wir auf die Schnellstraße Rom – Ancona ein.

Grazie mille, lieber Giovanni!

Ausfahrt Jesi Centro. Mein Auto wartet brav im Schatten unter der Brücke. Giovanni holt die restlichen Trüffeln aus der Tasche, steckt sie in eine kleine Papiertüte, die er irgendwo zwischen den Geldscheinen und den Rechnungen in der Ablage findet. Heute abend wird er mit der Ernte einige Freunde verwöhnen, schießt es mir durch den Kopf, ein gutes Viertelpfund ist in seiner Tüte. Da, die sind für dich. Nimm sie mit, putze sie und mache dir zu Hause in Bayern eine schöne *spaghettata* oder *pasta all'uovo* und trinke einen kühlen Verdicchio dazu, sagt er. Die Trüffeln, die du nicht gleich verwenden möchtest, lege in ein Glas mit Deckel und friere sie ein. Sie halten monatelang. Da wird kaum etwas zum Einfrieren übrigbleiben, denke ich.

Ich nehme Abschied von Pippo und dem *avvocato*. Nimmst du mich wieder einmal mit? *Certo* – der linke kleine Finger und der Daumen spreizen sich, die andere Hand kurbelt.

Von guter Nachbarschaft

Unser Haus, das für uns von Anfang an ein Zuhause und kein Ferienhaus war, liegt an der Ortsgrenze von Monte San Vito, an der Via gioco liscio. Sie führt zum nächsten Ort, Morro d'Alba, fünf Kilometer entfernt. Hier hatte angeblich Friedrich Barbarossa im zwölften Jahrhundert sein Heerlager aufgeschlagen, als er Ancona und Jesi einige Monate lang belagerte. Begeistert soll er von dem örtlichen Wein, dem Vino Lacrima, gewesen sein; so steht es jedenfalls auf dem Etikett eines historisch gebildeten Herstellers. Die Lacrima-Traube ist blauschwarz und wird zu gleichen Teilen mit den Rebsorten Montepulciano und Sangiovese zu einem dunkelroten, duftigen Wein gemacht, der Zunge und Zähne blau färbt.

In idyllischer Unordnung

Innocenza und Paolo sind unsere Nachbarn. Sie und andere Einheimische geben uns das gute Gefühl, willkommen zu sein in Monte San Vito. Paolo ist Maurermeister, seit kurzem in Pension. Sie betreiben nebenbei, wie die meisten hier auf dem

Lande, eine kleine Landwirtschaft. Innocenza ist eine ebenso gute wie leidenschaftliche Köchin und der Chef. Ein Glücksfall für zwei respektive mit Tochter Marie-Theresa drei in die italienische Küche vernarrte Bayern wie uns. Sie haben vier Schweine, die ausgewachsen je drei Zentner auf die Waage bringen. Im Januar werden sie beim ersten abnehmenden Mond geschlachtet, zerlegt und zu Würsten und Schinken verarbeitet. Das ist gleichzeitig das Startzeichen, den ersten der acht Schinken vom vergangenen Jahr anzuschneiden, denn ein Jahr hängen diese in der *cantina* und reifen vor sich hin. In idyllischer Unordnung laufen zehn Gänse, fünf Katzen, zwei Hunde, 15 Truthähne, zehn Perlhühner, jede Menge braune und weiße Hühner und ein zerzauster Hahn herum. Irgendwann hatte ich Innocenza von meiner Vorliebe für Kapaune erzählt; das sind »gezwickte Göckel«, kastrierte Hähnchen, die viel langsamer wachsen als ihre kompletten Zeitgenossen und dadurch ein festes, geschmackvolles Fleisch von höchster Qualität bekommen. Jedes Jahr kauft Innocenza nun fünf kleine Kapaune für uns. Im Herbst, gerade rechtzeitig zur Zeit der Herrentrüffeln, müssen sie bei einem Gewicht von vier bis fünf Kilogramm geschlachtet werden, da sie dann fast zu schwer zum Laufen sind. Carpaccio von poschierter Kapaunenbrust mit Olivenöl, Salz, Pfeffer und weißen Trüffeln ist eine königliche Vorspeise!

Innocenza weiß von meinem großen Traum, einmal einen Truthahn mit schwarzen Trüffeln, Peperoncini, Knoblauch, Salz und schwarzem Pfeffer zu füllen und im Ofen zu braten. In einem Juni wäre es fast soweit gewesen, als ich mit einer Tageserntte von an die zweieinhalb Kilogramm Trüffeln nach Hause kam. Aber die Truthähne waren noch nicht soweit. Vielleicht sollten wir doch besser zuerst mit einer Wachtel anfangen, gab ich zu bedenken. Das hat sich Innocenza gemerkt. Zwei Wochen später nimmt sie mich verschwörerisch beiseite und führt mich in eine Scheune, wo die landwirtschaftlichen Geräte stehen. Aufgeregtes Gepiepe dringt aus einer Kiste, in der 20 junge Wachteln hin und her sausen, keine größer als eine Walnuß. In ein paar Wochen werden wir die ersten Eier haben; und noch ein paar Wochen später die ersten Wachtelbrüstchen mit schwarzen Trüffeln in Portweinsauce auf unseren Tellern. Passende Vorspeise: Wachtelspiegeleier mit weißen Trüffeln – den Herrentrüffeln – auf geröstetem Weißbrot.

Ende November, während der Olivenernte und der Hochzeit der Herrentrüffel, esse ich bei Innocenza und Paolo zu Abend. Ich bin für ein paar Tage alleine in Monte San Vito und habe mich selbst eingeladen. Das geht so: Ich besuche Innocenza nach einem erfolgreichen Trüffelausritt und präsentiere die Ernte mit der Bemerkung: Ich weiß nicht recht, was ich nun mit den Trüffeln anfangen soll, weil ich doch alleine bin. Und schon bin ich eingeladen.

Ich sitze am Tisch mit Paolo und koste unseren neuen Wein, der nicht zu verachten ist und dessen Qualität wir uns beide immer wieder ausführlich bestätigen müssen. Irgend etwas piept andauernd. Ein Handy ist es nicht. Ich schaue mich in der

Küche um. Innocenza bemerkt meine Unruhe und zeigt auf eine Schachtel neben dem Kamin. Sie hat zehn Truthahnküken gekauft, von denen zwei sehr klein sind. Diese beiden haben in Innocenzas Küche für die nächsten Wochen ein gutes Plätzchen gefunden, bevor sie zu den anderen in den Stall kommen.

In Innocenzas Garten gibt es Rucola, grünen und roten Salat, Melonen, Zucchini, kleine, lange und runde Tomaten, Kürbisse, wilden und normalen Fenchel und allerlei Kräuter. Im April geht sie in die Wälder in der Umgebung und sucht den wilden grünen Spargel, dessen getreidehalmgroße Triebe nur ein geübtes Auge erkennt. Mich wird sie dort allerdings nicht mehr antreffen; denn nach einer Bauernregel verschwinden die *bianchetti*, die Märztrüffeln, sobald der wilde Spargel sprießt. Auf den Wiesen und Feldern sucht sie ausgewählte Feldkräuter, die mit etwas Olivenöl einen aromatischen Salat geben. Neben dem Hauseingang steht ein Dutzend große Töpfe mit Aloe vera, die sie zu einer heilenden Salbe verarbeitet. Oliven von weit über hundert Bäumen von einer der wertvollsten Sorte, Raggia, liefern das beste Öl der Gegend. Hier gibt es nur beste Olivenöle. Einige der reifen schwarzen Oliven werden mit Meersalz, wildem Fenchel, Knoblauch und Orangenschalen in Einmachgläsern eingelegt und entwickeln sich nach zwei Monaten zu schrumpeligen, delikaten Früchten. Zu *antipasti*, aber auch zu Fleischgerichten sind sie eine würzige Gaumenfreude. Im Spätherbst werden Granatäpfel und noch später Kaki geerntet, die uns am besten schmecken, wenn sie am Baum den ersten Frost erwischt haben und fleckig sind.

Bauernwein und Tagliatelle, Tortellini, Ravioli, Passatelli

Paolo hat einen kleinen Weinberg. Jedes Jahr ergibt seine Ernte an die tausend Liter eines einfachen, kräftigen Bauernweins, eines *vino di contadini*. Pure Verschwendung wäre es, den rückständigen Trester als Dünger oder Tierfutter zu verwenden. Also macht er manchmal heimlich – ich sag nicht was – daraus.

Im Sommer erntet Innocenza Weichseln und setzt sie mit Zucker an. In einem Glas, das sechs Wochen in der Sonne steht, vergären die Früchte. Einige Tage nach der Weinernte wird der gezogene Weichselsaft in ein Faß geschüttet, und es wird im Verhältnis eins zu zwei der angegorene Most von roten Trauben dazugegeben und alle paar Tage eine Handvoll zerquetschter Trauben, damit der Gärprozeß immer wieder angeregt wird. Ist nach einigen Wochen die zweite Gärung beendet, wird der Inhalt durch ein Leintuch gefiltert und der klare *vino di visciola*, der Weichselwein, wieder in das gereinigte Faß gefüllt. Weitere sechs Monate muß er reifen, bis wir einige *cantuccini*, das harte Mandelgebäck, in diesen würzigen Dessertwein tauchen und genießen dürfen.

In der blitzsauberen Küche von Innocenza sind alle wichtigen Geräte für die Pasta-Herstellung vorhanden. Hier wird der Teig für Eiernudeln wie Tagliatelle oder Papardelle handgewalkt, ausgewalzt, mit Maismehl bestreut – damit er, zu einer Roulade zusammengerollt, nicht zusammenklebt – und in beeindruckender Geschwindigkeit geschnitten; dann jede Schnitte in die Hand genommen, auseinandergewirbelt und zum Trocknen auf ein Tuch gelegt. Hier werden Ravioli und Tortellini in Kleinarbeit hergestellt und die nicht einfach zuzubereitenden Passatelli gemacht; eine schmackhafte Speise, etwa von der Konsistenz von Grießnockerln. Sie besteht aus Semmelbröseln, geriebenem Parmesankäse, Eiern, Mehl, Salz, Pfeffer und etwas Muskatnuß. Die Masse kommt in eine Handpresse mit Öffnungen vom Durchmesser eines Bleistiftes und wird in kochende, kräftige Hühner- oder Truthahnbrühe gedrückt. Schon als Suppeneinlage sind sie sehr gut – mit ein wenig Brühe, etwas Butter und weißen Trüffeln darübergehobelt einfach traumhaft!

Gelegentlich bringt Paolo direkt vom Fischkutter im Hafen von Ancona fangfrische Sardellen. Von jeder werden der Kopf, die Gräten und die Eingeweide entfernt. Die Hälfte der Fische wird in Essig und Zitrone mariniert und auf diese Weise nach drei Tagen zu *alici*; die andere Hälfte wird in Salz gelegt. Stolz zeigt mir Innocenza das Ergebnis, und ich darf sie auf einem Stückchen Weißbrot verkosten und mich begeistern; dann wird mir ein Gläschen Vino Lacrima dazugereicht.

Alles kommt auf den Tisch

Innocenza will uns etwas Ungewöhnliches auftischen. Etwas, das wir so noch nie gegessen haben, meint sie. Sie hat das Original etwas abgeändert, aber dafür muß ich eine Handvoll Trüffeln liefern. Kein Problem. Außer mir und Angela treffen noch drei Verwandte meiner Nachbarn zum Mittagessen ein, Maurizio, Ennea und Romualdo. In der Küche steht der Tisch, ohne Decke, blankgescheuert. Auf dem Herd ein großer Topf, dessen Inhalt Innocenza permanent umrührt. Daneben eine Pfanne, in der Stückchen einer großen *salsiccia*, einer pikant gewürzten, groben Schweinsmettwurst, braten und verführerisch duften. Innocenza nimmt die Pfanne zur Hand, bringt sie an den Tisch und legt mit einer Servierzange die Wurststücke in die Mitte der Tischplatte. Dann den Topf, in dem die Polenta eine Stunde gekocht hat und nun zuerst über die Wurststücke und dann daumendick über den Tisch verteilt wird. In einer kleinen Kasserolle ist eine Sauce aus Olivenöl, Knoblauch, Salz, schwarzem Pfeffer, etwas Brühe und einer guten Menge mit dem Reibeisen hineingeriebenen Trüffeln, die ich vorher abgeliefert habe. Die Sauce wird auf die Polenta geträufelt und viel Parmesankäse darübergerieben. Mit leuchtenden Augen, bereits um den Tisch herumsitzend und mit Gabeln bewaffnet, verfolgen alle Anwesenden diese Verrichtungen. Auf ihr Kommando *pronti via!* beginnt jeder mit einer Gabel sich von außen in Richtung

Würste zu essen. Je näher wir zum Zentrum kommen, desto weniger Hunger haben wir, denn diese Speise sättigt sehr. Ein unterhaltsames Essen, das früher bei der armen Landbevölkerung sehr beliebt war; wenn auch mit Tomatensauce und nicht mit Trüffeln.

Verdicchio
2005

Von der Trüffelprüfung

Giuseppe Ceccarulli hat seinen schwarzen Anzug angezogen. Immer zu besonderen Anlässen wird das einzige gute Stück aus dem Schrank geholt. Darunter trägt er das weiße Hemd mit den langen, sich nach oben drehenden Kragenspitzen; dazwischen der viel zu große, schiefe Knoten der grob graugemusterten Krawatte, die auf halber Höhe in der dunkelroten Strickweste verschwindet. Darüber das kleine, faltendurchfurchte Gesicht, die dünnen, grauen Haare sind mit Pomade behandelt und streng nach hinten gekämmt.

Immer schon wollte Giuseppe Trüffeln suchen. Als er als Rangierer bei den *ferrovie italiane*, der staatlichen Eisenbahngesellschaft, beschäftigt war, hatte er keine Zeit, dann keinen Hund; schließlich, als er mit Sechzig aus gesundheitlichen Gründen zum *pensionato* wurde, keinen *tesserino*, die staatliche Berechtigung zum Trüffelsuchen. Ein paarmal hat ihn ein Freund zur Trüffelsuche mitgenommen. Das war eine große Ausnahme, denn Trüffelsucher nehmen fast nie jemanden mit, schon gar nicht Leute aus der Gegend. Darauf achten auch die Kollegen sehr. Von diesem Freund hat er den zweijährigen, weiß-braun geschecktcn Rüden bekommen, Ricci, eine Kreuzung aus Spaniel, Bracke und Pointer. Ricci beginnt schon zu begreifen, um was es geht, scharrt manchmal im Boden. Gefunden hat er aber noch nichts. Jetzt soll es richtig losgehen. Die Erlaubnis soll jetzt her. Giuseppe hat den Antrag gestellt und mit viel Mühe wieder und wieder das Buch mit den Prüfungsfragen gelesen. Wort für Wort, Seite für Seite. Andrea, sein jüngster Sohn, hat ihn heute morgen die 15 Kilometer von Castello di Precicchie nach Fabriano gebracht; denn Giuseppe war zu aufgeregt, die Strecke mit seiner hellblauen 50 Kubikzentimeter Ape, für die kein Führerschein verlangt wird, selbst zu fahren.

Wir stehen in dem engen Gang des schmucklosen Betongebäudes, 30 Männer, junge und alte. Giuseppe schaut mit unruhigem Blick immer wieder von einem zum anderen. Alle sind sie größer als er. Er hat sich schon vor langer Zeit damit abgefunden, mit seinen 155 Zentimetern immer zu den anderen aufsehen zu müssen. Sein Sohn Andrea steht, gelangweilt an die Wand gelehnt, in diesem dunklen Gang in der ersten Etage der Comunità montana Val d'Esino – Frasassi in Fabriano. Hier ist der Sitz der Vereinigung der Berggemeinden, die bei der Jagd und für das Pilz- und Trüffelsuchen weitreichende autonome Zuständigkeiten hat. Andrea, etwa zwanzig Jahre alt, ist mit einer »we are the champions«-Baseballkappe und cooler, verspiegelter Rundumsonnenbrille ausgestattet. Ein dicker Schlüsselbund baumelt wichtig an der rechten Hosentasche, in der linken Hand hält er das obligatorische *telefonino*.

Wann geht's denn endlich los? In der Ladung stand halb zehn. Doch von der Prüfungskommission ist noch niemand da.

Jemand kommt die Treppe hoch, eine Aktentasche in der Hand. Alle stehen stramm, geben sich ehrfürchtig und lassen den Herrn im grauen Büroanzug durch. Er könnte ja von der Kommission sein. Giuseppes Augen gehen unruhig hin und her, er wischt sich mit einem weißen Taschentuch immer wieder die Stirn und schnieft dabei. Was ist denn los, bist du krank? Nein, schrecklich nervös. Er kann schon seit Tagen nicht mehr schlafen. Es ist der zweite Anlauf.

Tuber aestivum, tuber melanosporum, tuber magnatum Vittadini, tuber …, es waren doch sieben Trüffelsorten – oder? Von allen Seiten wird die unvollständige Liste ergänzt – mit botanischen, aber auch mit den vulgo-Bezeichnungen. Und der *tuber marzuolo* darf doch vom 1. März bis 15. April gesucht werden? Nein, bis zum 30 April. Tatsächlich? Und der *melanosporum* ab dem 15. Dezember? Aber nur bis zum 15. Januar. Aber es gibt doch sechs Untersorten des *marzuolo*, oder?

Die Kommission

Giuseppe kann nicht mehr ruhig stehen. Wieder kommt jemand die Treppe herauf. Wieder stehen alle ehrfürchtig stramm und lassen dieses Mal drei Herren in Anzug und Krawatte durch. Sie verschwinden ohne ein Wort in den Raum am Ende des Ganges.

Nach geraumer Zeit öffnet sich die Türe, und einer der drei Ankömmlinge, weißhaarig und mit schmaler Goldrandbrille, fordert uns wortlos mit einer Handbewegung zum Eintritt in den Prüfungsraum auf. An der Stirnseite des Raumes steht ein Podest mit langem Tisch wie bei Gericht, an dem zwei Kommissionsmitglieder bereits Platz genommen haben. Der mit der schmalen Goldrandbrille sitzt jetzt zwischen den beiden anderen Herren auf einem Stuhl mit erhöhter Lehne. Es ist halb elf. Klopfgeräusche. Die Tür wird ein wenig geöffnet, ein Kopf taucht auf. *Scusi.* Die Tür geht ganz auf, und zwei weitere Kommissionsmitglieder treten ein, entschuldigen sich wegen der Verspätung beim *presidente*. Die *superstrada* Ancona – Rom war wieder dicht; wie immer. Und dann noch die Bahnschranke!

Der *presidente* heißt uns in den Stuhlreihen im hinteren Teil des Prüfungsraumes Platz zu nehmen und zuzuhören: Ihr seid gekommen, um diese Prüfung zu machen. Ich hoffe, ihr habt alles gelernt, was in dem Buch über die Trüffelsuche steht. Es ist zwar nicht mehr ganz aktuell, aber das meiste stimmt noch. Ein paar Daten haben sich geändert. Den *tuber melanosporum* könnt ihr jetzt schon ab dem 1. Dezember suchen. Und noch so ein paar Dinge. Unruhe macht sich breit. Welche Dinge? Dafür haben wir jetzt keine Zeit mehr, meint genervt der *presidente*. Und es ändert sich sowieso immer wieder etwas. Wir kommen nun zur Prüfung. Zuerst kommen die Fragebogen. Ihr habt 30 Fragen, und ihr solltet immer aus drei Antworten die richtige ankreuzen. Wenn kein Name draufsteht, ist der Bogen ungültig.

Hektisch werden Erfahrungen ausgetauscht. Ich habe das Gefühl, alle kennen sich. Ich bin der einzige, der fremd ist; einsam. Nach einiger Zeit geselle ich mich zu einer der herumstehenden Gruppen, plaudere mit und stelle fest: Keiner kennt irgendwen. Sie sprechen fast alle kräftigen Dialekt, jeder den seines Ortes. Und der ändert sich alle paar Kilometer. Ich komme ins Gespräch. Mit meinem bayerischen Akzent falle ich gar nicht auf, und sehr deutsch sehe ich auch nicht aus. Mißtrauisch, aber durchaus interessiert versuchen sie, etwas über meine Herkunft herauszubekommen.

Da ist noch ein Kandidat mit Sonnenbrille. An die 25, lange schwarze Haare zu einem Pferdeschwanz zusammengebunden, schwarze Jeans, schwarzes T-Shirt mit dem Aufdruck *750 anni santa casa di Loreto*. Das ist das Haus der Maria Muttergottes, das Engel im Mittelalter von Nazareth zunächst nach Dalmatien, dann auf den Monte Conero bei Ancona und schließlich unversehrt nach Loreto überführt haben. Heute der wichtigste Wallfahrtsort Italiens und Partnerstadt von Altötting. Er wird wohl vorsichtshalber eine Wallfahrt zur Madonna gemacht und eine Münze in den Automaten für das Kerzenlicht geworfen haben, das dann zehn Minuten lang brennt. »Wenn die mich fragen, wie groß die Sporen der weißen Trüffel sind – dann *buona notte*. Weißt du, was die uns fragen, wie das hier abläuft?« Ich habe keine Ahnung. Es war auch offenbar außer Giuseppe keiner da, der die Prüfung zum zweiten Mal machen wollte. War sie so einfach? Oder ist bei Nichtbestehen die Enttäuschung so groß, und die Trüffel werden lieber im Geschäft gekauft? Giuseppe müßte es wissen. Aber der ist nicht ansprechbar. Die haben die Prüfungen sehr erschwert, weil so viele Menschen Trüffeln suchen wollen. Bei diesen Preisen, die sie für die Trüffeln bekommen, kein Wunder. 16 Hunde wurden in dieser Saison schon vergiftet. Aber noch mehr Autos verkratzt und jede Menge Reifen zerstochen. Immer gleich zwei auf einmal. Und das irgendwo in den Bergen. Du hast das Auto an einem einsamen Weg abgestellt und kommst zurück. Zwei Reifen platt. Da vergeht dir das Trüffelsuchen schnell in so einer unfreundlichen Gegend.

Die Prüfung

Wir bekommen die Formulare für die schriftliche Prüfung. Immer eine Frage mit drei Antworten. Diese Fragen habe ich stur auswendig gelernt. Aber wie war das gleich wieder? Wer bestimmt, wer die Anzahl der neuen Zulassungen festlegt? Der Präsident der *Comunità montana*? Oder der Präfekt; oder war es die Provinz? Die Kommission diskutiert derweil ziemlich lautstark über das warme, feuchte Wetter. 25 Grad für Ende Oktober ist sehr warm. Verdammt. War jetzt der *tignosa verdognola,* botanisch auch als *amanita phalloides* bezeichnet, giftig oder nicht? Hier und da raunen sich die Sitznachbarn Fragen zu. Alle versuchen nervös, richtige Antworten aufzuschnappen.

Einer zieht einen Spickzettel aus der Hose. Ich sitze in der ersten Reihe. Hinter mir erhebt sich ein Prüfungsteilnehmer, kommt vor und setzt sich neben mich. Beträgt die Strafe nun 100 000 Lire oder 120 000 Lire, wenn man zur unerlaubten Zeit Trüffel sucht? Kaum wahrnehmbar gebe ich zurück: 100 000 bis eine Million Lire. Ich gebe meinen Prüfungsbogen nach 20 Minuten ab und habe ein gutes Gefühl. Giuseppe sitzt ganz alleine in der letzten Reihe. Am liebsten würde ich mich neben ihn setzen und ihm ein bißchen vorsagen. Nach einer guten Stunde werden die letzten Bögen eingesammelt. Alle laufen aufgeregt hin und her, lautstarke Diskussion, gestenreiche Fehleranalysen, Zigaretten werden angezündet. Innerhalb weniger Minuten wird der Raum zur Räucherkammer.

Die Mitglieder der Kommission auf dem Podest stecken die Köpfe zusammen. An der Wand hinter ihnen hängen einige Bogenbilder mit historischen Gebäuden und Landschaften um Fabriano herum. Dottore Strologo, der zuständige Beamte von der Forstbehörde, erhebt sich Kaugummi kauend und hält eine Ansprache. Er klärt uns auf, wie alles abläuft. Nun sind die Personalausweise nach Aufruf der Namen abzugeben. Klaus Wilhelm Gérard hört sich neben Paolo Sanbatinelli und Federico Pulito gut an, und alle schauen zu mir her, als ich aufgerufen werde. Ziemlich stolz gebe ich meine blaue, auf Lebenszeit gültige, italienische Aufenthaltsgenehmigung ab. Dann werden wir in einen Nebenraum geschickt, denn die mündlichen Prüfungen sollen beginnen. Es ist schon fast ein Uhr.

Wir Prüflinge unterhalten uns über die besten Methoden, wie man Trüffelhunde ausbildet, über Trüffelgebiete und über die unerhörten Gewichte von gefundenen Trüffeln. Und jeder lügt wie gedruckt. Sag ja nicht, daß du einen Trüffelhund hast. Sonst glauben sie gleich, du hast schon schwarz gesucht. Das kann bis zu einer Million Lire kosten. Gespannte Stimmung rundum. Manche wischen sich die Stirn. Andere kauen an den Fingernägeln, kratzen sich am Kopf. Der schwarze Anzug mit Giuseppe sitzt apathisch auf einem Stuhl. Erfolgt der Aufruf nach dem Alphabet? Eines der Kommissionsmitglieder, ein kleiner, schmächtiger Beamter, so um die Fünfzig in grauem, zu großem Zweireiheranzug, die Krawatte bunt und breit und viel zu lang, ruft den Namen des Prüflings auf, der an der Reihe ist. Sein Gesicht ist auch lang und irgendwie traurig. Macht's die Durchfallquote bei der Trüffelprüfung? Er wird uns später bestimmt mitteilen, wir sollten besser beim nächsten Mal nochmals antreten. Nur wer die schriftliche Prüfung bestanden, also von den 30 Fragen 25 richtig beantwortet hat, wird mündlich geprüft.

Amici, Mario. Ivano Brandoni. Danach Secchi, Alberto. Einer von den Prüflingen ist 14, das ist das Mindestalter. Der eine oder andere der Geprüften kommt in unseren Raum zurück, um seine Jacke oder den Hut zu holen. Dann fallen alle über ihn her und wollen wissen, wie es war. Doch keiner erfährt Genaues. Jeder frischgebackene *trifolao* hat es unheimlich eilig und will nach Hause, um sich mit seinem Trüffelhund zu besprechen. Ich bin schließlich der dreiundzwanzigste, der von dem traurigen Zweireiher aufgerufen wird. Also zumindest die Schriftliche bestanden. Ich werde in den Prüfungsraum gewiesen. Die Kommission für die mündliche Prüfung besteht nun aus vier Leuten. Einer davon, wohl 40 Jahre alt, dicke Brille mit schwarzem Rand und Cäsarfrisur; alles nach vorne gekämmt und dann quer abgeschnitten. Das wurde allerdings vermutlich schon längere Zeit nicht mehr gemacht, was dem Herrn einen düsteren Gesichtsausdruck verleiht und den Kandidaten wenig Zuversicht gibt. Dottore Strologo, drahtig, weißhaarig hochgewachsen, an die Sechzig, sieht verschmitzt in die Runde. Was hat das zu bedeuten. Ist es Schadenfreude? Unentwegt kaut er Kaugummi. Dann noch der Traurige und ein weiterer, freundlich blickender, gar nicht italienisch aussehender Herr, der Provinzminister für Landwirtschaft. Der *presidente* ist schon nach Hause gefahren. Es könnte ja ein Stau auf der *superstrada* sein.

Bestanden!

Der Cäsar will wissen, wo ich wohne. In Monte San Vito. Sie sind aber ursprünglich nicht von hier? Nein, ich komme aus Bayern, in der Nähe von München. Ich war mit meinem Sohn und mit Freunden im letzten Jahr auf dem Oktoberfest, *quanta gente, quanta birra,* so viele Leute, so viel Bier! Warum wollen Sie die Prüfung machen? Wollen Sie mit Trüffeln handeln?

Nein, mein Interesse ist nur privat und kulinarisch. Haben Sie auch Grund am Haus, mischt sich unentwegt kauend Signor Strologo ein. Ja, ein bißchen. Ein bißchen Wein, ein paar Oliven. Gibt es im Weinberg vielleicht auch Trüffeln? Ich denke nicht. Könnten Sie in einem Weinberg nach Trüffeln suchen? Achtung eine Falle – schießt es mir durch den Kopf. Wie war das? Nur in Wäldern und nicht bewirtschafteten Flächen. Nein! Ein mildes Grinsen. Der Trick hat nicht funktioniert. Haben Sie einen Hund? meldet sich der Minister. Denkste. Noch nicht, aber ich bekomme einen Welpen von einem Freund, wenn ich die Prüfung habe. Und dann gehen Sie mit dem Hund auf Suche, fragt der traurige Zweireiher. Oder mit einem Schwein. Achtung! Natürlich nur mit einem Hund. In den Marken ist es seit 1982 verboten, mit Schweinen Trüffeln zu suchen, da sie zu große Schäden anrichten. Noch ein paar sachliche Fragen über die verschiedenen Trüffelsorten, die erlaubten Suchzeiten, über den giftigen *balsamia vulgaris Vittadini*, im Dialekt bekannt unter *tartufo rosso* oder *russo*, über Hundehaltung und über die Höhe der Geldstrafen bei Verstößen. Bestanden! Dottore Strologo und die anderen schütteln mir die Hand, und ich bekomme meine Aufenthaltsgenehmigung zurück. Kann ich den Trüffelschein gleich mitnehmen? Oh, das Prüfungsergebnis muß erst noch bearbeitet und der *tesserino* ausgestellt werden. Rufen Sie mich in vier, fünf Wochen an. Ich werde ihm dann eine Packung mit besonders scharfem Kaugummi mitbringen.

Vier Uhr nachmittags ist es mittlerweile. Ich hole meine Jacke aus dem Nebenraum, und da sitzen noch immer sieben meiner Kollegen. Stumm wie arme Sünder, darunter Giuseppe und der mit dem Pferdeschwanz. Sohn Andrea steht am Fenster und pfeift eine Melodie vor sich hin. Hinter mir tritt der Traurige in den Raum. *Mi dispiace, signori.* Die Prüfung ist zu Ende. War leider nichts. Und vergessen Sie den Anmeldetermin im nächsten Jahr nicht. Ziemlich stolz auf mich verlasse ich den Raum. Giuseppe tut mir leid, er ist käseweiß, und Andrea verdreht die Augen. So werden Wilderer gemacht.

So einfach geht's nun auch wieder nicht

Fünf Wochen später rufe ich Dottore Strologo an, es ist Anfang Dezember. Der *tesserino* ist fertig, Sie können ihn hier in Ancona in meinem Büro in der Provinzverwaltung abholen. Zahlen Sie aber vorher bei der Post 180000 Lire auf unser Konto ein, und bringen Sie den Zahlungsbeleg mit. Kann ich heute nachmittag bei Ihnen vorbeikommen? *Certo*, aber dann gilt die Zahlung für dieses Jahr, und im Januar müssen sie dann wieder neu bezahlen. Aus reinem Geiz lasse ich den Dezember ins Land gehen. Zweiter Januar. Ich fahre nach Ancona und frage mich zu Dottore Strologo durch. Er sitzt Kaugummi kauend hinter einem mit Akten belagerten Tisch, vor sich eine Mappe, in der ich den grünen *tesserino* mit meinem Paßfoto liegen sehe. Aufregend, so kurz vor dem Ziel. Ich lege meine Aufenthaltsgenehmigung und meinen deutschen Personalausweis vor. Gleich ist es soweit, dann gehört er mir! Strologo sieht auf die Ausweise, dann mich an. Er kaut sichtbar langsamer. Ich brauche einen Nachweis. Einen Nachweis darüber, daß Sie der sind, der in den Dokumenten steht. Sie bekommen ihn bei Ihrer Gemeinde. Wenn Sie diesen Nachweis vorlegen, haben Sie den Ausweis.

Also fahre ich wieder nach Monte San Vito und gehe am nächsten Tag, einem Donnerstag, zum Einwohnermeldeamt, das natürlich geschlossen ist. Am Tag darauf habe ich Glück und erkläre als einziger Besucher der zuständigen Dame im Einwohnermeldeamt meinen Wunsch, ein Dokument zu bekommen, aus dem hervorgeht, daß ich ich bin. Gehen Sie in das *tabacchi sali,* und holen Sie *un bollo*, eine Gebührenmarke für 20000 Lire, und bringen Sie zwei aktuelle Paßfotos mit freiem rechten Ohr mit. Ich fahre schnell nach Hause, da waren vom Viererset meiner letzten Fotositzung noch zwei Fotos mit gut sichtbarem rechten Ohr übrig; dann zum *tabacchi,* in dem es neben Tabakwaren, Salz, Briefmarken, Losen, Zündhölzern und Beileidskarten auch Gebührenmarken gibt, und wieder zum Einwohnermeldeamt.

Dort warten vier Personen auf ihre Abfertigung. Eine ältere Dame bespricht gerade ausführlich mit meiner Dokumentendame, wie sie die Läuse von ihren Rosen erfolgreich vertreibt, und bekommt nebenbei den Fragebogen für die Volkszählung erklärt. Der Herr im grauen Anzug hat auch ein paar Fragen zur Zählung und entpuppt sich schließlich als der Versicherungsvertreter, bei dem die Sachbearbeiterin ihren Cinquecento versichert und damit kürzlich eine kleine Havarie hatte. Das läßt sich nicht einfach mit ein paar Sätzen erledigen, zudem die Signora keinerlei Schuld traf. Nachdem sie mit der Erläuterung einiger Hausmittel für die bevorstehenden Kinderkrankheiten ihrer Nichte Eleonora, der Tochter meiner Verbindungsdame, fertig ist und das Formular für die diesjährige Immobiliensteuer eingepackt hat, werden meine Fotos und der *bollo* auf die dafür vorgesehenen Stellen geklebt, mit zwei Stempeln versehen, meine Unterschrift gefordert und von mir nochmals 5 000 Lire Gebühren in bar kassiert. Endlich steht amtlich fest: Ich bin ich!

Am Nachmittag fahre ich erneut nach Ancona und suche Dottore Strologo auf. Leider habe ich den Kaugummi vergessen! Strologo sitzt wieder hinter seinen Aktenbergen, wieder meine Mappe vor sich. Ich sehe wieder meinen *tesserino* und lege das Ich-bin-ich-Dokument vor. Vorsichtig frage ich, ob alles in Ordnung ist, ob ich etwas zu bezahlen hätte, unterschreiben müßte, ob vielleicht ein kleines Dokument oder Stempelchen fehlen würde. Strologo kaut und gibt mir grinsend den *tesserino*. So einfach ist das. Schade, daß der Ausweis ein Leben lang gilt und nicht jedes Jahr verlängert werden muß!

Ich bin in Bayern. Ein Jahr später. Es ist Februar. Am Telefon Dottore Strologo. Signor Kla-hus, wir haben ein Problem: Sie haben die Gebühr für dieses Jahr am 30. Dezember eingezahlt, also wird sie für das letzte Jahr verbucht. – O nein, das habe ich ganz vergessen! – Sie müßten eigentlich nochmals bezahlen, fährt Strologo fort, aber dann rät er mir, den Zahlungsbeleg vom letzten Jahr, der für dieses Jahr gedacht war, an meinen *tesserino* zu heften und den Fall zu erklären, wenn ich von der *guardia forestale* kontrolliert werde.

Viva Italia!

Von der Spezies Trüffelsucher

Trüffelmärkte sind mehr als Handelsplätze und werden von Trüffelsuchern gerne besucht, auch wenn nicht jeder von ihnen Trüffeln zum Verkauf anbietet. Man trifft sich, tauscht Neuigkeiten aus und macht sich ein Bild über die Lage auf dem örtlichen Trüffelmarkt. Für den in seiner Heimat verwurzelten Landmenschen ist es eine nahezu unglaubliche Vorstellung, außerhalb der Sichtweite des eigenen Kirchturms gäbe es überhaupt ein Leben; und wenn es eines gäbe, dann kann es keines sein. Das kommt den Bayern doch bekannt vor. In *Roma*, *Parigi* oder *Niu Yorka*, da gibt es schon Menschen, die irgendwelche wichtigen Dinge tun, aber das ist so weit weg von der Wirklichkeit.

Nicht jeder, der sich auf dem Markt herumtreibt und wie ein Trüffelsucher aussieht, ist einer. Manch einer hat kurz vorher noch ein paar Trüffeln gekauft, in eine alte Papiertüte eingewickelt und in die Tasche seines großkarierten, abgewetzten Sakkos gesteckt. Ein paar Euro bleiben dann immer übrig, wenn der *straniero*, der Ausländer, glaubt, einen besonders günstigen Direktkauf getätigt zu haben.

Charaktergesichter unter Schiebermützen

Trüffelsucher sind meist kleine, hagere alte Männer mit durchfurchten Charaktergesichtern, großer Brille und Schiebermütze. Einen habe ich kennengelernt, der hatte wirklich nur einen Zahn oben in der Mitte. Er hatte ein gewinnendes, breites Lachen. Trüffelsucher geben sich Fremden gegenüber eher etwas abweisend, womit sie zeigen, sie kennen sich aus und niemand kann ihnen etwas vormachen. In Gruppen von vier oder fünf stehen sie zusammen. Ein Thema jedoch ist tabu und wird niemals, wirklich niemals angeschnitten: Trüffelplätze. Nicht ein einziges Mal würde es einem Trüffelsucher einfallen, danach zu fragen. Sie sprechen über dieses verdammt schlechte Jahr und daß alles viel später dran ist als früher. Aber trotzdem sind die Preise unverschämt. Habt ihr gehört, was in Deutschland für ein Kilo *bianchi pregiati* verlangt wird? Halsabschneider, diese Aufkäufer, die mit den Importeuren und der Mafia unter einer Decke stecken. Und dann mischen sie minderwertige Trüffeln, die von weiß Gott woher kommen, unter die hervorragende Ware, die von ordentlichen Trüffelsuchern abgeliefert wird. Alles Betrüger. Die ganze Welt ist verdorben. Die Renten werden auch wieder gekürzt. Und der Präsident ist korrupt. Wie auch die ganze Regierung – Betrüger! Früher war das nicht so.

Von einem Profi irgend etwas zu erfahren, was einem Trüffelanfänger weiterhelfen könnte, ist unmöglich. Eher würde der Teufel zum Beichten gehen, sagt Pino Candelarsi, der von Kindesbeinen an Trüffelsucher ist und in den sechziger Jahren als Gastarbeiter in Deutschland gearbeitet hat. Mit seinen paar Worten Deutsch zeigt er sich offener als seine Kollegen. Nein, mitnehmen würde er nie jemanden, auch keinen Ausländer. Aber erfreulich ist es schon, wenn die *tedeschi* die Preise so versauen.

Und dabei wäre es so einfach

Wer beschlossen hat, Trüffelsucher zu werden, nimmt erst einmal alle Prüfungen, Behördengänge und Gebühren auf sich, um den *tesserino* zu erwerben. Den Trüffelhund mit Stammbaum hat er meist schon längst von irgendeinem Schwager, von einem *amico,* der einen kannte, der wußte, wessen Nachbar einen Trüffelhund verkauft.

Wenn der *tesserino* endlich erworben ist, ist der Hund zwar mittlerweile restlos verzogen, aber jetzt geht's endlich los. Du kaufst dir eine *vanghetta*, eine Art Lanze, die du beim Graben brauchst, holst die älteste Hose mit vielen Taschen, einen abgewetzten Pulli und eine verbeulte Jacke aus dem Faschingsfundus, setzt eine alte Kappe und eine besonders ernste Miene auf. Und dann ab in die Wälder und durch die Auen! Da – eine Trüffelstelle wie im Bilderbuch! Der Rüde verfolgt unter deinen anfeuernden Kommandos wie entfesselt die erste Spur, schnüffelt und verschluckt sich fast dabei – du hast schon die Belohnung in der Rechten – und pinkelt an den ersten ernstzunehmenden Baum. Das geht so weiter – schließlich tropfenweise –, und nach zwei Stunden bist du fix und fertig, denn der Hund läuft immer noch den Hang hinauf – du hinterher –, wieder herunter – du hinterher. Er scharrt kein einziges Mal, wie ein Trüffelhund eigentlich zu scharren hätte – allenfalls hin und wieder symbolisch sein Häufchen weg. Nichts – nichts – nichts! Also schnell zurückfahren, im Feinkostgeschäft im Städtchen ein paar Trüffeln gekauft und ein paar malerische, schwer zugängliche Fundstellenbeschreibungen ausgedacht, damit die »Mitesser« auch verstehen, wie schwierig Trüffelsuchen ist.

Und so war's wirklich

Als ich mich nach einigen Jahren Trüffelsuche mit Giovanni und Pippo dazu entschloß, einen eigenen Hund halten zu wollen, habe ich einen heißen Tip für einen guten Hund erhalten. Über meinen Nachbarn Paolo und zahlreiche Ecken geriet ich an Franco, der Trüffelsucher und Hundezüchter ist. Franco hatte drei Hunde, einen davon wollte er verkaufen. In den wuscheligen Attila mit den treuen Augen hat sich die ganze Familie sofort verliebt. Ich konnte gar nicht anders. Wenn du nicht in

Italien bist, kannst du ihn zu mir bringen, bot Franco mir an. Dieser Hund sucht recht gut, folgt und bellt nicht. Das kann jeder sagen, gebe ich zu bedenken. Also gut, ich gebe dir den Hund für zwei Monate. Wenn er dir gefällt, behältst du ihn, wenn nicht, bringst du ihn wieder zurück. Über die Finanzen werden wir uns schon einig.

Bevor ich mich endgültig für Attila entscheiden würde, wollte ich mit ihm ein paar Trüffeln suchen, noch lieber – finden. Franco grinste. Also gut – ich komme morgen mit dem Hund zu dir, und dann fahren wir dorthin, wo du dich auskennst. Meinst du nicht, lieber Franco, es wäre besser, wir würden dort hinfahren, wo sich der Hund auskennt? Stirnrunzelnd und nicht sehr begeistert lenkte Franco ein, und so lernte ich am nächsten Tag zwei mir noch nicht bekannte *tartufaie* kennen, auch wenn es in diesem Sommer so verdammt wenige Trüffeln gab.

Es war wohl Sympathie, die Franco dazu veranlaßt hat, ein paar Geheimnisse preiszugeben. Aber auch Neugierde auf den *tedesco* oder *bavarese*, den er schwer einschätzen konnte und der ja doch schon einige Trüffelgebiete gut kannte. Traf ich einen Kollegen in den Bergen, wurde mir anfänglich Mißtrauen entgegengebracht, das auch Franco zu spüren bekam. Man konnte nicht verstehen, was einen ernsthaften *trifolao* oder *tartufaro* dazu treibt, einem Fremden zu trauen.

Über die Jahre habe ich gelernt, zu welcher Zeit, in welcher Woche in welchem Gebiet, an welchem Baum oder Strauch welche Trüffelart zu finden ist. Je nach den Witterungsverhältnissen kann sich die Reifezeit der Trüffeln nach vorne oder hinten verschieben. Manche Trüffelfundstellen bringen im Jahr darauf gar keine Ernte. Das geschieht durch Auserntung durch zu viele Trüffelsucher oder durch Wildschweine, aber auch durch Veränderungen der Bodenverhältnisse, beispielsweise nach einem Waldbrand oder nach einem besonders trockenen oder besonders nassen Jahr.

Tartufaia controllata

Wer den *tesserino* für die Trüffelsuche hat, kann überall, auch auf privaten, nicht eingezäunten und nicht kultivierten Grundstücken, Trüffeln suchen. Ausnahmen sind sogenannte *tartufaie controllate*, das sind von der Forstbehörde deklarierte, geschützte Trüffelgebiete, in denen nur von ortsansässigen Trüffelsuchern mit einer besonderen Genehmigung Trüffeln gesucht werden dürfen. Interessenten müssen sich bei der Behörde bewerben. Die Genehmigungen werden im Lotterieverfahren für jeweils sechs Wochen erteilt. Viele Trüffelsucher gehen mit zwei oder mehreren Hunden auf die Suche; in den mit Schildern gekennzeichneten *tartufaie controllate* darf nur ein Hund mitgenommen werden, zusätzlich allenfalls ein Hund in Ausbildung, der jünger als ein Jahr ist. Mein Freund Giovanni hat mir irgendwann einmal eine *tartufaia* in den Bergen bei Poggio San Romualdo gezeigt. Wir haben dort bis zu den Schildern Trüffeln gesucht und nicht wenig gefunden. Irgendwann habe ich beim Bürgermeister des Ortes angerufen und gefragt, was ich machen muß, um die *tartufaia* betreten zu dürfen. Er hat mich an die *Comunità montana* verwiesen, die zuständige Vereinigung der Bergdörfer. Ich habe dem *presidente* einen Besuch abgestattet und mein nichtkommerzielles Interesse an den Trüffeln glaubhaft darlegen können. Daraufhin erhielt ich »ehrenhalber« für sechs Wochen die Genehmigung. Ehrenhalber heißt ohne Kosten. Und das bedeutet etwas in Italien. Giovanni und Franco konnten es gar nicht glauben. Regelmäßig sende ich nun meine Publikationen über Trüffel an den *presidente*. Und hin und wieder bringe ich Andechser Bier vorbei. Und so bin ich jedes Jahr bei der Ziehung der Genehmigungen dabei.

Franco hat einen neuen Platz für Périgord-Trüffel *(tuber melanosporum)* entdeckt. Das war wohl früher eine *tartufaia controllata*; inzwischen ist aber nichts mehr eingezäunt, und es sind auch keine Schilder zu sehen, meint Franco und grinst. Zum Beweis drückt er mir drei schöne Exemplare in die Hand. Ein Traum, mit dem ich am Abend Rinderfilet zu Ehren Rossinis und nach seiner Art zubereite. Der Komponist und Feinschmecker lebte schließlich hier in dieser Gegend. Ein paar Tage später fahren Franco und ich zusammen an die Fundstelle und kommen mit einer guten Ernte nach Hause. Als ich zwei Wochen spater dort alleine einen Besuch mache, sehe ich ein an eine knorrige Eiche genageltes, halb zerbrochenes Schild, auf dem gerade noch *tartufaia contr...* zu lesen ist. Das muß uralt sein, andere Schilder kann ich nicht sehen. Attila scharrt zum drittenmal, hat schon zwei duftende Trüffeln gefangen. Da ertönt ein Schrei. Ich schaue mich um und sehe am Ende des Gebietes, das nur spärlich mit kleinen Eichen und Ginsterbüschen bewachsen ist, einen Menschen, der wild mit den Armen fuchtelt und irgend etwas zu mir herüberschreit. Also ist das hier doch ein geschütztes Gebiet.

Ich pfeife Attila zu mir und ergreife das Hasenpanier. Ich muß mich nicht unbedingt mit einem Einheimischen anlegen. Auch wenn dieses Gebiet nicht gesetzmäßig gekennzeichnet und auch nicht eingezäunt ist. Es geht bergauf bis zum Punto, den wir mittlerweile gegen den braven Fiat Uno eingetauscht haben. Ich müßte ihn gerade noch rechtzeitig erreichen, meine ich. Attila verstaut und nichts wie weg. Zu spät, es kommt mit Vollgas ein grüner Allrad auf mich zu. Vorsichtshalber winke ich ihm freundlich zu, kann ja nicht schaden. Er hält, der Fahrer steigt aus, an die sechzig Jahre alt, etwas kleiner als ich, Gott sei Dank. Er sagt irgend etwas in einem schwer verständlichen berglerischen Dialekt zu mir. Ich verstehe rein gar nichts und frage ihn, was er will; in sauberem Italienisch. Das bringt ihn etwas aus der Fassung, und er hört mir sogar einen Moment zu. Nun weist er mich auf meine Unverschämtheit hin, in einer *tartufaia controllata* Trüffeln zu suchen. Ich versichere, kein Schild gesehen zu haben und auch keinen Zaun. Das ist ihm egal, er wird mich jedenfalls anzeigen. Das geht eine Weile so weiter, bis er wissen will, woher ich komme. Aus *Monaco di Baviera*, aus

München. Das bringt ihn vollends aus der Fassung. Ich versichere ihm, nicht mit Trüffeln zu handeln, sondern ausschließlich wissenschaftliches Interesse daran zu haben. Er ist plötzlich wie verwandelt, erzählt mir von seinen jährlichen Besuchen auf dem Oktoberfest, von *la birra* di Paulaner und Augustiner, von den *stinchi di maiale con crauti*, den Schweinshax'n mit Kraut, und dem *pane salato*, den Brez'n. Er liebt das alles so sehr. Er ißt immer die Spezialitäten des Landes. Nicht wie die anderen Italiener, die im Ausland immer nur Pasta und Pizza essen. Gut, ich bringe nächstes Mal ein paar Flaschen Bier vorbei, *d'accordo*? In Ordnung. *Siamo amici*, wir sind Freunde. Er gibt mir seine Handynummer, und ich fahre mit meinen zwei Trüffeln los, um Franco schnellstens zu warnen.

Männersache

Ich kenne keine einzige Frau, die auf die Trüffelsuche geht. Womöglich hat das damit zu tun, daß traditionell immer nur der Mann auf die Jagd ging. Es würde einer Frau der alten Generation in Italien auf dem Lande nie einfallen, auf die Jagd zu gehen oder in die Bar. Pilze sucht sie durchaus, weil das ohne die männlichen weidmännischen Attribute Hund und Waffe stattfindet. Wenn meine Ehefrau Angela ab und zu mit mir auf Trüffelsuche geht und wir einen Kollegen treffen, bemerke ich bei ihm Verunsicherung, ja Verärgerung. Ist eine Frau nicht stark genug, mutig genug, alleine in Wäldern und Fluren umherzustreifen? Kann sie mit Hunden nicht richtig umgehen? Mangelt es Frauen an der nötigen Verschwiegenheit, die zur Grundausstattung eines *tartufaio* gehört? Oder wollen Trüffelsucher es wegen der angeblichen potenzfördernden Wirkung nicht den Frauen überlassen, ob gefundene Trüffeln auf den Speisezettel gesetzt werden oder nicht?

In der Bar im nächsten Ort treffen sich vor dem Mittagessen einige *vecchietti*, Rentner, die meisten kenne ich vom Sehen. Sie sprechen harten Dialekt und verschlucken gerne die letzte Silbe. So wird der Paolo zum Pà und *mamma* Teresa hinter der Bar zu Terääh. Und statt zum Essen, zum *mangiare*, geht man zum *mannjà*. Wenn sich die Alten unterhalten, kommt manchmal das Gespräch auf das Thema Trüffeln. Dem Neffen des einen haben sie einen Hund vergiftet, den Onkel von dem anderen hat letztes Jahr eine Viper gebissen, er konnte gerade noch gerettet werden. Und der Bruder geht hinter dem Monte San Vicino auf die Suche nach Sommertrüffeln. In die Wälder des Monte Fiascone geht er nicht mehr, da sich dort ein Verbrecher herumtreibt, der vergiftete Fleischbällchen auslegt. Der Wahrheitsgehalt dieser Rentnergeschichten ist nicht sehr hoch, doch wenig Information ist besser als gar keine.

Ab und zu treffe ich einen Kollegen im Wald. Von den wenigsten kenne ich die Namen, aber die der Hunde, nach denen sie rufen, kenne ich alle. Und ihre Autos. Aber zuerst kommt der Hund. Er wird von Attila distanziert höflich, wenn es eine Hündin ist, aufdringlich und freudig begrüßt. Schließlich taucht ein Kollege in Tarnkleidung auf. Große Begeisterung ist auf keiner Seite zu bemerken. Kurzer, kühler Gruß. Na, wie geht's. Nichts zu holen. Ganz schlechtes Jahr. Ich habe die Taschen voller Trüffeln und jammere, weil die Trüffeln hier in dieser Gegend immer weniger werden. Der Trüffelduft ist verräterisch. Wahrscheinlich hat auch er die Taschen voll, und der Duft stammt von seinen. Dann trennen wir uns, jeder geht dorthin, wo der andere hergekommen ist. Ich frage schon lange nicht mehr, wo er sie gefunden hat, und falle auch nicht mehr auf faule Tips herein.

Von neuen Trüffelplätzen

Es war ein großes Glück für mich, Freunde wie Giovanni und Franco zu finden. Schließlich muß ich für beide zunächst, gelinde gesagt, ein Exot gewesen sein: ein Mann aus Deutschland, aus Bayern, mit einem französischen Namen, noch nicht pensioniert, der aber trotzdem Zeit hat und sich sehr intensiv für Trüffeln interessiert, eine Leidenschaft, die die beiden mit mir teilen. Von ihnen bekam ich alle Informationen, die ein Trüffelsucher sonst niemals preisgibt. Giovanni vermutet bis heute noch irgendein großes lukratives Geschäft hinter meinen Trüffelaktivitäten. Franco hat sehr wohl und sehr schnell verstanden, um was es mir geht. Ich möchte in der Natur sein, mit Hunden zu tun haben, nette Leute kennenlernen, gut essen und trinken, Trüffeln finden und möglichst alles über dieses Thema lernen und verstehen. Ohne jeden finanziellen Hintergedanken.

Nur mit Giovannis und Francos Unterstützung konnte ich den *tesserino per la ricerca di tartufi* machen, einen Hund kaufen und bald alleine auf Trüffelsuche gehen. Ich wurde in die Sippschaft der Trüffelsucher eingeführt, die den *straniero*, den Ausländer, bald akzeptierte.

Verdächtige Autos

Während der Saison fahre ich zu den mir bekannten Trüffelplätzen, in Wälder und Schluchten. In einer Bar in den Bergen trinke ich einen *caffè*, unterhalte mich mit den Einheimischen, meist sind es Rentner. Immer wieder bekomme ich einen Tip für eine *tartufaia*, manchmal werde ich auch schlicht angelogen. Wenn ich ein verdächtiges Auto sehe, beschatte ich es gelegentlich. Verdächtige Autos sind kleine Autos, wie Fiat Pandas und Unos, ungepflegt, mit Beulen und Kratzern. Saubere, neuere Allradfahrzeuge sind unverdächtig, denn das sind Jäger. Obwohl auch auf diese achtzugeben ist. Zur Jagdsaison sind sie am Wochenen-

de massenweise unterwegs, bestens ausgerüstet, oft zehn, zwanzig Mann, die dann einen Hasen erlegen und untereinander aufteilen. Verständlich, wenn bei der Aussicht auf alles geschossen wird, was sich im Wald bewegt. Sehe ich diese Fahrzeuge, muß ich erst gar keinen Knall von einem Gewehr hören, um lieber die Flucht zu ergreifen. Samstags und sonntags gehe ich kaum mehr zum Trüffelsuchen, auch weil an diesen Tagen mehr Trüffelkollegen unterwegs sind als unter der Woche.

Täuschen und Tarnen

Es kommt mir ein schmutziger, verbeulter Fiat Panda entgegen, hinter dem Steuer ein durchfurchtes Gesicht mit verbeultem Hut oder Militärkappe. Durch das angelaufene, hintere Seitenfenster sehe ich gerade noch eine wedelnde Schwanzspitze. Das ist kein Pilzsammler! Ich wende meinen Punto und fahre dem Panda in gebührendem Abstand hinterher, bergauf. Mein sauberer, silberner Punto ist kein typisches Trüffelsucherfahrzeug. Der Kollege wird keinen Verdacht schöpfen. Irgendwann sehe ich das Fahrzeug in einem seitlichen Feldweg am Rand eines Eichenwäldchens stehen, niemand weit und breit. Hier soll es Trüffeln geben? So dumm ist doch keiner und verrät mit seinem Auto eine *tartufaia* so offensichtlich. Es ist Frühjahr, jetzt gibt es nur die weißen Frühjahrstrüffeln, die *bianchetti,* und ein paar Muskattrüffeln *(tuber moscatum). Bianchetti* wachsen ausschließlich unter Pinien. Der Kollege hat mich entdeckt und will mich in die Irre führen, aber so leicht geht das nicht. Ich fahre noch weiter die Bergstraße hinauf, um eine bessere Übersicht über das Gebiet zu haben. Unterhalb, auf der anderen Seite der Straße, ein ganzes Stück von dem Parkplatz des Panda entfernt, beginnt ein hübscher Pinienwald, dessen Lage ich mir einpräge. Morgen werde ich ihm einen Besuch abstatten.

Trüffelbuchhaltung

Bei einem unserer vielen Ausritte erzählte mir Franco, wie er neue Plätze entdeckt: Ich kenne einige alte Männer, die aus Altersgründen nicht mehr auf Trüffelsuche gehen. Ich war immer nett und hilfsbereit zu ihnen. So bekam ich immer wieder ernstzunehmende Hinweise auf gute Plätze, allerdings nur, wenn sie in der Familie keinen Nachfolger hatten. Einmal hatte ich ein großes Glück. Einer von den Alten ist gestorben, dessen Sohn keinen Spaß am Trüffelsuchen hat. Dieser kam zu mir und brachte mir ein Notizbuch, das vollgeschrieben war mit einer altmodischen, aber gut leserlichen Schrift. Es war das Tagebuch seines Vaters, der akribisch über seine Trüffelsuche Buch geführt hat. Da standen alle seine *tartufaie* genauestens beschrieben, bis zu einzelnen Bäumen, teilweise mit Zeichnungen; ich habe fast alle Stellen gefunden. Präzise Angaben über die Trüffelarten, Tag und sogar Uhrzeit der Funde, Mondphase, die

Tiefe und die Beschaffenheit der Ernte. Fünf dokumentierte Jahre aus dem Leben eines Trüffelsuchers. Mit großer Ehrfurcht und Freude habe ich dieses Buch entgegengenommen und verwahre es bis zum heutigen Tag als besonderes Vermächtnis auf.

Baldina, meine Geheimagentin

Ich höre Franco gespannt zu, seine Augen leuchten, als er mir von dem Buch erzählt. Viele Leute habe ich in den Bergen schon kennengelernt. Sie wohnen teilweise in halbverlassenen Dörfern, wie im Castello di Precicchie. Zehn Häuser und eine kleine Kirche auf einem schroffen Felsen, vier alte Leute wohnen hier noch. Die jungen sind nach Ancona, in den Norden Italiens oder ins Ausland gezogen. Oder das Bergdorf Monte Fiascone, wo eine alte Freundin von mir wohnt, Baldina.

Ich muß durch den Ort fahren, um in die *tartufaia* am Monte Fiascone zu kommen. Auf diese Weise kann mir Baldina immer sagen, ob und wer heute schon vorbeigekommen ist. Ich habe sie vor vielen Jahren über *avvocato* Giovanni kennengelernt. Wir waren am Monte Fiascone und haben recht gut schwarze Sommertrüffeln gefunden. Es war an einem Sonntag morgen, und alle Bars waren geschlossen. Wir hatten Hunger und Lust auf ein Glas Wein. Als wir vom Monte Fiascone zurückkamen, fuhren wir am Haus Baldinas vorbei. Haus ist übertrieben, Häuschen auch. Es ist ockergelb angestrichen, rundum mit Efeu umrankt und besteht aus einem Raum von drei mal drei Metern, einem Nebenraum von drei mal ein Meter fünfzig und einem Giebelraum im ersten Stock, den ich nie sehen durfte, das ist nämlich das Schlafzimmer. Unten in der Mitte steht ein Tisch. Die Raumhöhe beträgt ungefähr ein Meter achtzig. Baldina, eigentlich Ubalda, paßt da mit ihren ein Meter sechzig gut hinein. An der einen Wand sind zwei Küchenhängeschränke angebracht, darunter eine Anrichte mit einem laufenden, kleinen Fernseher. An der anderen Wand zwei Gasherde, auf denen Töpfe mit heißem Wasser stehen, mit denen in ehemaligen Marmeladen- und Kindernahrungsgläsern die frisch gefundenen Steinpilze eingemacht werden. Eine Aufbesserung der kleinen Rente. Das einzige Fenster ist klein, und das Glas in der Eingangstüre ist mit einem Perlvorhang verhängt, deshalb muß eine Neonröhre über dem Tisch für Licht sorgen.

Ein Festessen

Drei Stühle, wir nehmen Platz. Auf dem Tisch steht ein Teller mit zwei schönen Steinpilzen. Giovanni fixiert sie hungrig, und Baldina fragt uns, ob wir etwas essen wollen. Gerne. Mach uns doch einen Salat aus den Steinpilzen, mit etwas Zitrone und Olivenöl, Salz und Pfeffer; und Parmesan, wenn du einen hast. Baldina deckt den Tisch und beginnt, die Pilze in Scheiben zu schneiden, holt Brot und Öl aus der Küchenanrichte und eine halb gefüllte Zweiliterflasche mit Weißwein. Nicht nur der Hunger macht aus diesem Frühstück ein Festessen. Baldina erzählt uns, während sie den *percolatore* für den Espresso auf die Flamme setzt, von ihrem bevorstehenden Besuch beim Arzt und beim Masseur, weil sie es im Kreuz hat. Sie bezahlt nichts für die Behandlung. Sie bringt ihm Pilze im Glas mit, darum hat sie heute welche eingekocht.

Baldina holt Fotos aus dem Hängeschrank von ihrer Reise nach Amerika. Las Vegas hat ihr besonders gefallen. Ihre Schwester lebt dort. Und Martini bianco mag sie gerne. Ob zur Zeit viele *tartufari* vorbeikommen, wollen wir wissen. Nein, es geht. Nur der eine mit dem weißen Panda kommt jeden Tag. *Non è simpatico.* Grüßt nie. Aber vor ein paar Tagen war ich beim Pilzesuchen, etwas weiter unten in Richtung Domo, und habe zwei verdächtige Personen mit Hunden gesehen. Den Feldweg, der an der großen Eiche links weggeht, sind sie hineingefahren und waren bestimmt zwei Stunden dort. Danke, wir werden uns die Sache ansehen. Heute nicht, an einem anderen Tag. *Grazie*, Baldina, und *ciao*. Das nächste Mal bringe ich dir einen Martini bianco mit.

Einige Tage später besuche ich die von Baldina angegebene Stelle und finde nach kurzer Suche zwei hühnereigroße *scorzone*. Eine davon bringe ich Baldina und dazu den versprochenen Martini bianco. An diesem Tag ist noch kein anderer Trüffelsucher vorbeigekommen; einen heißen Tip hat sie heute nicht, aber einen mindestens so heißen Espresso.

Von Trüffelhunden und anderen Schweinen

Schwein oder nicht Schwein. Das ist oft die Frage. Weit verbreitet ist die Meinung, Trüffeln würden nur mit Schweinen gesucht, eben mit Trüffelschweinen. Schweine haben eine natürliche Vorliebe für Trüffeln. Sie müssen also nicht wie die Hunde darauf trainiert werden, ein Zeichen, beispielsweise durch scharren oder graben, zu geben, wenn sie den Trüffelgeruch in die Nase bekommen, sondern sie fangen aus eigenem Interesse an, die Erde aufzuwerfen. Es ist sogar anzunehmen, daß die Menschen im Mittelalter auf Trüffeln überhaupt erst aufmerksam wurden durch die Beobachtung der Haus- und Wildschweine. Geeignete Tiere wurden daraufhin für das Trüffelsuchen abgerichtet. Trüffeln waren damals keine Delikatesse, sie wurden schlicht als weiteres verfügbares Gemüse gesehen und zubereitet.

Wenn ein Trüffelsucher erwartungsvoll einen seiner Geheimplätze in einem Wald besucht und dort den Boden flächenweise durchpflügt sieht, wird er die Wildschweine verfluchen. Geht er auf Streife in einem ihm noch unbekannten Gebiet, wird er den wilden Pflügern dankbar sein für diese Markierung. Er wird sich die Stelle merken und bei nächster Gelegenheit oder im nächsten Jahr wieder vorbeischauen. Da die Wildschweine sehr oft das Revier wechseln, ist die Chance, auf diese Art einen neuen Geheimplatz entdeckt zu haben, sehr groß.

Nun sind traditionell Schweine die Hunde der Bauern. Adelige und Großgrundbesitzer gingen auf die Jagd, was den Bauern nicht erlaubt war. Adelige hatten unterschiedlich ausgebildete Hunde für unterschiedliches Weidwerk. Im 16. Jahrhundert war in der Emilia-Romagna bereits die Hunderasse Lagotto bekannt und wurde reingezüchtet. Wie der Name vermuten läßt, hat dieser etwas mit Wasser zu tun (lago). Diese Hunde wurden für das Apportieren bei der Entenjagd verwendet, da sie ihrem Herrn treuergeben und überaus gutmütig sind, außerdem haben sie absolut nichts Bösartiges an sich und keinen Wildtrieb. Eine wichtige Voraussetzung für die Trüffelsuche, die durch Hasen oder Rebhühner sonst oft unterbrochen werden könnte. So hat sich in der Emilia-Romagna, in der schwarze und weiße Trüffeln vorkommen, die Trüffelsuche mit Hunden entwickelt. Manche Jäger und Hundeführer der Adeligen betrieben ein lukratives Nebengeschäft mit der Trüffelsuche, die hoch belohnt wurde. Heute ist der Lagotto, der wie ein kleines Schaf aussieht, eine rare Hunderasse. Er verrichtet mit Freude und großer Ruhe seine Suche. Hohe Preise werden für die Tiere bezahlt, und besonders in Frankreich ist dieser treue Mitarbeiter sehr gefragt.

In Italien ist die Trüffelsuche mit Schweinen seit 1982 verboten. Schweine richten bei ihrer pflügenden Suche zu große Schäden an: Sie zerstören das für die Reproduktion der Trüffeln notwendige Myzel. Aber auch der Umgang mit einem Schwein bei der Arbeit oder beim Transport ist nicht so unkompliziert wie mit einem Hund. Adelige in Trüffelgebieten hatten oft richtiggehende *tartufai* oder *truffières* angestellt, die aus den Jagdhundrudeln ihrer Herren die besten heraussuchten. Wie auch heute noch, eignen sich lustige, verspielte und sensible Hunde besonders. Über den Spieltrieb, wohldosierten Nahrungs- und Liebesentzug und erfolgsabhängige Zuwendungen verstehen die Hunde relativ schnell, um was es geht. Die Feinausbildung dauert weitere ein bis zwei Jahre.

Bären, Ziegen, Frösche und Fliegen auf Trüffeljagd

Im Appetit-Lexikon, erschienen in Wien im Jahre 1894, ist zum Thema Trüffel und Sucher nachzulesen: »1680 wurden nicht nur in Paris, sondern schon in Straßburg und in Antwerpen Trüffeln verspeist, während in Österreich nicht einmal der Name dafür bekannt war. Trüffeln wurden von den sog. ›Italienern‹ in Deutschland feilgehalten, wenn sie auch damals noch nicht mehr Raum auf der deutschen Tafel einnahmen, als heute

[1894!] etwa die Vogelnester und der Trepang. Inzwischen hatte man in Italien das Trüffelsuchen mittels abgerichteter Hunde zu einer wahren Kunst ausgebildet, die 1712 durch den damaligen Erbprinzen Friedrich Ludwig von Württemberg, den der Hof von Savoyen in Turin mit dergleichen Trüffelhunden beschenkt hatte, auch nach Deutschland verpflanzt ward. Anno 1720 ließ König August II. zehn Trüffelhunde aus Italien nach Polen kommen; 1722 nahm der Förster Backhaus zu Toma im Herzogthum Gotha, 1724 der Graf Wackerbart in Kursachsen die Trüffeljagd auf; um dieselbe Zeit wurde in Preußen der Italiener Bernardo Vanini für das Gebiet des Fürstenthums Halberstadt zum privilegierten Trüffeljäger ernannt, und wenig später ging man in Rußland dazu über, sogar den würdigen Meister Petz auf dies Geschäft einzuüben. Noch 1860 wurden im Dorfe Liapino bei Moskau vier Bären zum Trüffelsuchen gehalten.« Es gab sogar Trüffelsucher, die Ziegen auf die duftenden Knollen abrichteten.

Wenn im Hochsommer die ersten Sonnenstrahlen durch die Bäume hindurch den Waldboden zu erwärmen beginnen, sehe ich oft an einigen meiner Trüffelplätze in den Bergen kleine Fliegen über der von der Nacht feuchten Erde kreisen. Immer wieder hat Attila an diesen Stellen reife, manchmal auch faule Trüffeln, in denen Maden waren, signiert. Zunächst habe ich die Zusammenhänge nicht erkannt, und erst Berichte über alte Bauern in Südfrankreich, die angeblich mit der Fliege Trüffeln jagten, brachten mich auf die richtige Erklärung. So würden provençalische Bauern von bestimmten Fliegen zu den Stellen geführt, an denen Trüffeln zu finden sind. Meine Bemühungen, genauere Angaben in alten oder neueren Büchern zu finden, waren vergeblich. Erst in einem Gespräch mit einem Botaniker, einem Pilzspezialisten, erfuhr ich, daß es die sogenannte Trüffelfliege gibt, die *Suillia tuberiperda*, eine rötliche, kleine Fliege, die zu den Scheufliegen, den *Heleomycidae*, zählt. Ein charakteristisches Merkmal sind die kleinen Dornen an der Vorderflügelkante. Die Larven fressen verrottende Pflanzen, besonders gerne Pilze und Trüffeln. Sie hat einen besonders feinen Geruchssinn, setzt sich auf der Erde genau über die Stelle, unter welcher sich in der Erde Trüffeln befinden, und legt ihre Eier ab.

Sogar Frösche können auf Trüffelfundstellen hinweisen. Sie sitzen nämlich mitunter an den Stellen, über denen so zahlreiche der für sie schmackhaften Fliegen kreisen.

Die aus den abgelegten Eiern der Fliege schlüpfenden Maden gelangen auf kürzestem Weg zu den Trüffeln und leben dort »wie die Made in der Trüffel« und wachsen und gedeihen und mutieren schließlich zur Fliege. Diese findet den Weg ins Freie, hat die Sporen der Trüffel in oder an sich und scheidet sie an anderer Stelle aus oder verliert sie. So trägt die Trüffelfliege, wie auch andere feinschmeckerische Insekten, Mäuse, Hamster und Dachse zur verbreitenden Reproduktion der Trüffeln bei.

Wie der Hund riecht die Trüffelfliege die Trüffeln erst, wenn sie reif oder gar faul sind. Da Trüffeln nicht gleichzeitig reif werden, findet der auf diese Weise informierte Trüffelsucher auch gute Trüffeln neben den faulen. Ist er klug, wird er sie wieder gut vergraben und sich die Stelle für das nächste Jahr merken. Trotzdem bedeutet diese zunächst elegant anmutende Jagdmethode für die Reproduktion der Trüffeln eine große Gefahr, da zwangsläufig um die faule Trüffel herum die Erde aufgegraben werden muß, um die guten Trüffeln zu finden; das können Flächen bis zu einem Quadratmeter und mehr sein. Bei handtellergroßen Löchern, die wieder verfüllt werden, wird das Myzel weiterwachsen, bei großflächigen Beschädigungen kann es ganz absterben.

Spezialisten ausbilden

In seinen »Gesammelten kleinen Schriften« beschrieb Dr. Wilhelm Ritter von Hamm in der zweiten Hälfte des 19. Jahrhunderts die Methoden, um zu Luxusgerichten zu kommen: Im französischen Departement Haute Marne, wo man neben Schweinen auch Hunde zur Trüffeljagd ausbildet, verbirgt man eine Trüffel nebst einem Stückchen Speck in einem mit Erde gefüllten Holzschuh; erst nachdem sie dieselbe gefunden und herausgescharrt haben, erhalten sie ihr tägliches Futter. Die Hunde sind gelehrig genug, um bald im Freien probiert werden zu können. Haben sie ein paarmal Trüffelnester entdeckt, wofür sie belohnt werden müssen, so können sie als *ferm* betrachtet werden und erlangen dann einen ziemlich hohen Wert und Preis.

Im Piemont erklärte mir ein alter Bauer aus dem Ort Barbaresco, wie junge Hunde auf ihren Herrn abgerichtet werden. Schon mit einem halben Jahr werden sie in ein möglichst einsames Waldgebiet gebracht. Eine kleine Hütte steht dort, und sie werden an eine nicht zu lange Kette gelegt, an die sie bereits gewöhnt wurden. Der Hund wird so auf den Wald, seine Gerüche, seine Geräusche sensibilisiert. Einmal am Tag kommt der Besitzer, um ihn zu füttern. Vorher läßt er ihn frei herumlaufen. Wenn der Hund die ersten einfachen Kommandos befolgt, bekommt er Futter, in das zuvor ein paar Trüffeln hineingelegt wurden, deren Duft es angenommen hat, und seine Streicheleinheiten. Nach einigen Wochen ist der Hund auf sein Herrchen fixiert und die Feinausbildung zu Hause kann beginnen.

Attila hat sein Handwerk oder besser »Pfotenwerk« ähnlich der Beschreibung des Ritters von Hamm, erlernt. Es ist eine große Freude zu sehen, wie sich ein verspielter, kleiner Hund nach und nach zum Spezialisten entwickelt, der die Worte, die Laute und Gesten seines Herrn zu deuten weiß und der sich mit seinem Blick, seinen Bewegungen, seinem Bellen und Winseln genau auszudrücken versteht.

Schon mit drei Monaten beginnt die Ausrichtung des Welpen. In sein Futter, das nach meiner Erfahrung am besten aus ausgewogenem Trockenfutter besteht, lege ich einige Stunden vorher ein paar Trüffeln, die unansehnlich, beschädigt oder auch überreif sind. Der Trüffelduft überträgt sich auf das Futter. So nimmt der kleine Hund ganz früh den wichtigen Zusammen-

hang zwischen Ziel und Futter wahr. In den nächsten Monaten steht das Spielen im Vordergrund, bei dem es Belohnungen in Form des ganz normalen Futters gibt. Langsam beginne ich, gleichzeitig mit der Belohnung einen bestimmten Pfiff auszustoßen. Später sollte der Hund bei diesem Pfiff in jedem Fall und sofort zu mir kommen. Ich vergrabe zusammen mit einem Stückchen Käse eine Übungstrüffel, von denen ich immer eine gute Anzahl eingefroren im Tiefkühlschrank in einem Marmeladenglas aufbewahre. Sehr schnell wird diese Übung zur großen Freude für den Hund, der bei jedem Fund überschwenglich gelobt wird und zum Käsestückchen noch ein Stück des ihm vertrauten Trockenfutters erhält.

Die Entscheidung, ab wann der Käse weggelassen werden kann, fällt nicht leicht. Ich wendete eine Methode an, die vor allem unsere damals noch kleine Tochter begeisterte: Aus einem stattlichen Berg von Überraschungseiern holte ich die gelbe Kapsel heraus, die schokoladischen Umhüllungen und pädagogisch wertvollen Minibausätze von Autos und Monstern gingen an meine Tochter. Die Kapseln durchlöcherte ich mit dem Handbohrer, damit der Geruch der hineingelegten Trüffeln austreten konnte. Von diesen Plastikdingern vergrub ich immer drei oder vier im Garten und ließ sie von meinem Hund suchen. Er hatte recht schnell Erfolgserlebnisse, da sie nicht allzu tief vergraben waren und teilweise fast an der Erdoberfläche lagen. Große Begeisterung und viel Lob, jedesmal wenn ein gelbes Etwas zutage gefördert wurde. Hundekuchen, Streicheleinheiten und lautstarkes Lob. Später machte ich mir den Spaß, dem Hund beizubringen, mir die Hülle respektive die Trüffel zu apportieren.

Hat der Hund kapiert, um was es geht, ist es ein leichtes, seine Arbeit zu verfeinern. Hungrig nach Hundekuchen und nach Belobigung wird er am Ende seiner Lehrzeit sofort wie ein Wilder scharren, wenn er im Boden den Trüffelduft wahrnimmt. Ich habe von Hundeausbildern gehört, die ihre Hunde bis zu 20 Tage hungern lassen, um deren Aufmerksamkeit zu verstärken. Wichtig ist diesen Haltern nur der schnelle Erfolg. Das Ergebnis dieser Behandlung sind nervöse und freudlos arbeitende Hunde.

Bei meinen Übungen verwende ich von Anfang an immer unterschiedliche Trüffelarten, damit der Hund später auf alle Sorten anspricht. Hat er eine Duftspur aufgenommen und beginnt zu scharren, ist die Gefahr sehr groß, daß er die Trüffel mit den Krallen beschädigt. Auf den Zuruf *fermati!* (= halt ein!), muß er seine Aktivität sofort einstellen und sich setzen. Er darf nicht weglaufen, denn es ist im Herbst, wenn viel Laub auf dem Boden liegt, oft schwierig zu sehen, wo er gescharrt hat. Wird eine Trüffel, die nur knapp unter der Erdoberfläche lag, durch das Scharren herausgeschleudert, liegt sie oft einen halben Meter oder weiter von der Fundstelle entfernt. Ein guter Hund zeigt mit seiner Schnauze die Stelle, an der diese Trüffel liegt. Bereits an der Art, wie der Hund scharrt, ist zu erkennen, ob es sich um ein kleines Trüffelchen oder um ein schönes, großes Exemplar handelt. Bei den *bianchetti (tuber borchii)* scharrt Attila oft nur so im Vorbeigehen. Es ist aber immer ein Treffer, auch wenn die Trüffel nur einen Zentimeter groß ist. Bei intensivem Scharren, das auch nicht unterbrochen wird, wenn ich daneben stehe, ist mit größerer Ernte zu rechnen. Dann ist die Freude von Hund und Herrchen besonders groß. Die Trüffel kann halb frei, ein paar Zentimeter, aber auch einen Viertelmeter unter der Erde liegen. Wenn ich bis zu zehn Zentimetern nicht fündig werde, bitte ich Attila nochmals um Hilfe. Er zeigt dann durch präzises Scharren an, ob die Trüffel mehr links oder rechts zu finden ist. Überreife Trüffeln gräbt er nur aus, wenn sonst wirklich nichts mehr zu finden ist. Einmal hat er, nur um mich zufriedenzustellen, sogar eine vertrocknete Morchel ausgegraben.

Durch die vielen Einsätze hat Attila gelernt, sofort das Scharren einzustellen, wenn er Widerstand spürt, sei es die Trüffel, ein Stein oder eine Wurzel. Er hat sich angewöhnt, sich auf die Scharrstelle zu setzen und mich grinsend – er ist der einzige Hund, der grinsen kann – zu erwarten und erst zu weichen, wenn er eine Belohnung bekommen hat. Die rechte Tasche mit den Hundekuchen fixiert er dabei mit Röntgenaugen.

Sind in einer *tartufaia* wenig Trüffeln vorhanden, hält ein guter Hund die Nase senkrecht in die Luft, um durch die leichteste Brise auch weiter entfernte Düfte, teilweise bis zu 50 Meter im Umkreis, zu orten. Zu starker Wind jedoch ist dem Hund unangenehm.

Rüde oder Hündin

Wenn die Hündin läufig ist, sitzen jede Menge Rüden mit triefenden Augen vor dem Gartentor. Nicht jeder Hund hat einen Stammbaum. Ein ordentlicher Rüde aber hat einen Baumstamm, nicht nur einen – viele, sehr viele. Diese werden, auch bei der Trüffelsuche, zunächst »gelesen« und dann überpinkelt, damit klar ist, wer hier augenblicklich der Herr ist. Zu Beginn oder zu Ende einer Trüffelsaison ist die Ausbeute klein oder gleich null. Der Rüde hat dann einen freudigen Vorteil gegenüber seinem Herrchen, das seinen Frust nicht durch intensive Baumkontrolle und Kennzeichnung ausgleichen kann. Es ist kaum zu glauben, welche Kapazitäten so ein Hund hat und wie gut er sich diese einteilt.

Es gibt Trüffelsucher, die mehrere Hunde haben. Rüden und Weibchen. Ist ein Weibchen läufig, machen sie gerne mit ihm einen Spaziergang in einem gutbesuchten Trüffelgebiet. Die Duftspuren dieser Hündin machen den zuverlässigsten Rüden zum Deppen. Wenn nicht gerade der ganze Wald nach Trüffeln riecht und eigentlich das Herrchen die Trüffeln auch ohne Hund finden könnte, ist der Ausflug abzuhaken. Der Besitzer der Hündin allerdings geht fidel auf die konkurrenzlose Suche.

Bösewichte

Die Tage gegen Ende einer Trüffelsaison, vornehmlich der Herrentrüffeln (31. Dezember), können für einen Trüffelhund durchaus gefährlich sein. Die Trüffelprofis gehen in diesen Tagen nicht mehr auf Trüffelsuche. Überall gibt es Gute und Böse, Gönner und Neider. Und wenn es um Geld geht, schrecken manche vor nichts zurück. So legen Bösewichte vergiftete Fleischbällchen als Köder im Wald aus, und das zuweilen recht raffiniert. Regen und Wind lassen die Köder nach relativ kurzer Zeit wirkungslos werden, weswegen sie unter flache Steine gelegt werden. Oder sie werden in Stanniolpapier oder Alufolie eingewickelt. An einer Stelle ein bißchen offengelassen, riecht der Hund den Inhalt von weitem. Wenn er diese mit Ratten-, Schnecken- oder Pflanzengift versetzten Köder frißt, ist er innerhalb einer Minute tot.

Einem Wachhund wird beigebracht, von keinem Fremden etwas zu nehmen und zu fressen; auch nichts zufällig Gefundenes. Das geschieht durch scharfe Worte und Strafen. Ein Trüffelhund soll sehr wohl an die Trüffel gehen.

Die Ausbildung eines Trüffelhundes erfolgt viel sensibler und feiner als die eines Wachhundes. Auf scharfe und laute Kommandos wird verzichtet, und die Ausbildung wird vornehmlich auf die Auffindung der Trüffel konzentriert, weswegen das Verbot der Fremdnahme von Futter gar nicht erst trainiert wird.

Unter Trüffelsuchern wird über dieses Thema nicht gesprochen. Doch kommen ihnen Berichte über Hundevergiften nicht ganz ungelegen. So hinterhältig diese Aktionen auch sind, sie regulieren die Szene. Keiner wird deswegen den Hund an einer langen Leine Trüffeln suchen lassen; aber gegen Ende der Saison gehen sie nicht mehr auf die Suche – und die Saison steht nicht im Kalender, sie wird von einem *trifolao* gefühlt. Hinweise auf gute Trüffelgegenden sprechen sich herum, und bald kommen von außerhalb fremde Trüffelsucher. Rechtlich gibt es keine Möglichkeit, diese von der Suche abzuhalten, da sie für alle, die einen *tesserino* besitzen, in der jeweiligen Region frei ist. So bleibt die Drohkulisse des massenhaften Hundevergiftens unwidersprochen, ja, wird sogar gerne bestätigt; sehr dienlich, eventuelle Interessenten von außerhalb abzuschrecken. In Trüffelsucherkreisen wird hinter vorgehaltener Hand von diesem oder jenen erzählt, der zu solchen Taten fähig wäre. Offen sprechen sie es nie aus; genausowenig wie sie über ihre Fundstellen sprechen. Trüffelsucher sind Einzelgänger und mißtrauisch.

Es ist nicht möglich, diese kriminellen Machenschaften zu verfolgen. Die Herkunft der Giftköder ist nicht eindeutig nachzuweisen, da diese Gifte handelsüblich sind und auch keiner der Gauner so dumm sein wird, sich in flagranti erwischen zu lassen; und es ist einfach, diese Köder unbemerkt zu plazieren. Immerhin, Trüffelhunde werden keineswegs reihenweise vergiftet, wie in der Presse gerne jährlich zur Trüffelsaison geschrieben wird. Ich selbst habe in den letzten Jahren von zwei oder drei konkreten Fällen gehört. Kürzlich fand eine Hausdurchsuchung bei einem Apotheker in einem kleinen Ort in den Bergen statt. Auf einen Hinweis fand man bei ihm ein Gift, das auch im Kadaver eines vergifteten Trüffelhundes nachgewiesen wurde. Der Fall mußte nach kurzer Zeit ungelöst zu den Akten gelegt werden, da dem Apotheker die Abgabe des Giftes an einen Verdächtigen nicht nachgewiesen werden konnte.

Einen Hund auf diese Weise zu verlieren ist über die Maßen emotionsbehaftet, für den Besitzer, aber auch für das Umfeld. Zu Recht. Denn nur, wer dieses Zusammenspiel zwischen Herrn und Hund, zunächst bei der Ausbildung und später bei der Trüffelsuche, erlebt hat, kann den großen Verlust nachfühlen, der einem *trifolao* entsteht. Der Geldwert steht weit hinter dem Schmerz über den verlorenen Partner und Freund.

Wenn Trüffeln, dann weiß

Früh am Morgen holt mich mein Freund Franco zu Hause ab. Wir fahren in Senigallia auf die *autostrada* in Richtung Norden, Ausfahrt Fano und in das *interland*, ein Ausdruck für Hinterland, der hier tatsächlich so verwendet wird. 30 Kilometer im Landesinneren liegt am Fluß Metauro das verschlafene Nest Fossombrone. Es klebt an einem steil zum Fluß abfallenden Ausläufer des Apennin. Über die Ausfahrt Fossombrone Ovest ist der Ortskern über die Uferstraße hoch über dem Fluß zu erreichen. Kurz vor den ersten Häusern wölbt sich mächtig zur Rechten eine uralte Steinbrücke über das breite Flußbett des langsam fließenden Metauro und gaukelt, ergänzt durch das Spiegelbild im Wasser, dem Betrachter ein großes kreisrundes, dunkelgrünes Loch vor.

Viele Leute denken bei Trüffeln vor allem an Alba, an das Piemont, an die Herbstzeit, an hohe Preise in den Feinkostgeschäften und den Edelrestaurants.

In der Gegend von Fossombrone werden das ganze Jahr über Trüffeln gesucht und – gefunden: sieben verschiedene Arten, fünf schwarze und zwei weiße gibt es hier, und sie sind gar nicht mal allzu teuer.

Weiße Trüffeln im Frühjahr?

Nahezu unbemerkt von der Welt, werden hier in den Orten Acqualagna, Sant'Angelo in Vado und Fossombrone im Herbst große Mengen der Herrentrüffeln, der *tuber magnatum pico,* unpräzise oft Alba-Trüffel genannt, geerntet und gelangen in den Weltmarkt. Immer wieder wundern sich Trüffelliebhaber, wenn ich vom umfangreichen Vorkommen dieser teuren Trüffel in den Marken erzähle.

Nun ist es aber März und nicht Herbst. Was fast niemand bei uns weiß: Es gibt auch von Januar bis April weiße Trüffeln, die *bianchetti,* botanisch bezeichnet als *tuber borchi* oder vulgo *tartufo marzuolo.* Und am ersten und zweiten Märzwochenende wird seit über 25 Jahren die *fiera del bianchetto* abgehalten, die Franco und ich besuchen wollen. Peppino Ceccarulli ist der Präsident der *associazione dei ricercatori di tartufi.* Er ist der Chef von 243 Trüffelsuchern im Verwaltungsgebiet Fossombrone. Zu Beginn der *fiera* findet jedes Jahr der *convegno del tartufo* statt, die Jahreshauptversammlung der Vereinigung.

Käse, Gas, Pilze oder Knoblauch

Es ist neun Uhr. Doch wo ist der Trüffelmarkt? Wir gehen die menschenleere schmale Straße zum Rathaus hinauf. Keine Buden, keine Stände. Ist die *fiera* abgesagt? Um zehn Uhr soll die Versammlung im Rathaus beginnen. Im kleinen Sitzungssaal sind außer uns erst fünf oder sechs Personen. Bis um elf Uhr füllt sich der Saal zur Hälfte. Es ist unhöflich, pünktlich zu kommen. Eine sehr gemischte Gesellschaft hat sich eingefunden, manche in verbeulten Jeans, andere im dunkelblauen Anzug mit Krawatte. Einige Verwaltungsangestellte der *Comunità montana*, ein Assessor, der Bürgermeister und einige – was unschwer zu erkennen ist – Trüffelsucher. Es erfolgt die Begrüßung durch den Präsidenten Peppino, der mit den Autoritäten an einem langen Tisch auf einem Podest Platz genommen hat. Ein Trüffelspezialist hält einen Diavortrag über den *bianchetto*, die weiße Märztrüffel. Davon gibt es sechs verschiedene Arten. Jede riecht und schmeckt anders. Auch die Farben – hellbeige bis dunkelbraun – und die Struktur des Fruchtkörpers und die äußere Form sind unterschiedlich. Manche haben grobe, schlauchartige, andere feine Windungen, Venen, wie uns der Spezialist sagt, die Luft in das Innere der Trüffel dringen lassen. Alle ähneln äußerlich der Herrentrüffel, erinnern aber vom Duft her an Käse, Gas, Pilze oder an Knoblauch. Das macht das Verspeisen spannend.

Bianchetti werden höchstens so groß wie ein kleines Hühnerei und wachsen knapp unter der Erdoberfläche, gerne unter Moos oder feuchtem Gras und bilden eine Symbiose, am liebsten mit Pinien. Sie haben einen sehr hohen Wassergehalt und halten deshalb nur ein paar Tage. Ein Großteil der Ernte wird in kleinen Familienbetrieben zu einer *crema di tartufo* verarbeitet, einem vorzüglichen Brotaufstrich. Die *crema* wird mit dem Aroma der Herrentrüffel angereichert, und der unkritische Verbraucher wähnt sich gern in deren Glorie und Kostbarkeit. Erst ein Blick auf das Etikett brächte die Wahrheit zutage. Wegen ihrer geringen Haltbarkeit werden *bianchetti* kaum exportiert. Sie kosten viel weniger als die Herrentrüffeln, da sie nicht so fein im Geschmack sind, ja sogar empfindliche Mägen belasten, wenn zuviel davon gegessen wird.

Gefräßige Wildschweine

Nach dem lehrreichen Vortrag kommt die Diskussion. Es meldet sich ein älterer, weißhaariger Herr mit Knittergesicht. Während er in das Mikrophon der krächzenden Verstärkeranlage spricht, geht er aufgeregt hin und her. Seit 1938 ist er Trüffelsucher. Und die Trüffeln werden immer weniger, die Wildschweine fressen sie. Ohne daß man etwas dagegen machen könnte. Und gefährlich sind diese verdammten Schweine. Einmal brach eines aus dem Unterholz und bedrohte ihn. Nur mit einem gezielten Hieb mit seinem Grabwerkzeug konnte er das Wildschwein in die Flucht schlagen. Sein Hund hatte sich winselnd hinter ihm versteckt. Und dann die von diesen Naturschützern ausgesetzten Wölfe. So einen hat er kürzlich ganz in der Nähe heulen gehört. Der Präsident empfiehlt dem Mitglied, sich an die Naturschützer zu wenden, und relativiert den Trüffelrückgang auf die Pro-Kopf-Ernte der Trüffelsucher, die viel zahlreicher sind als vor 65 Jahren.

Der Geräuschpegel wird immer höher, und da niemand den nächsten Fragestellern mehr zuhört und der Präsident schon an die Pasta denkt, die in Kürze nebenan auf dem Tisch in der *Trattoria Antica Cantina* dampfen wird, schließt er kurz nach Mittag die Sitzung.

Sparlampen im antiken Gewölbe

Alle verlassen den Rathaussaal und drängen ins Freie. Auf dem Platz vor dem Rathaus sind nun schon einige Buden aufgestellt, die geschäftig eingeräumt werden. Der Bürgermeister und die Gruppe hinter ihm verschwinden in einem Torbogen hinter dem eine Treppe in ein großes antikes Kellergewölbe führt. Franco und ich gehen hinterher. Neben dem Eingang sehe ich einen überfüllten Tresen mit Flaschen, Gläsern und hohen Gefäßen mit eingemachten bunten Früchten. Die *Trattoria Antica Cantina* wurde aufwendig restauriert. In der Mitte ein langer, weißgedeckter Tisch. Geschmackvoll, wenn nicht die Aufputz-Elektroleitungen, zwei Sparlampen an der Decke, eine kalte Neonlampe und die vorgeschriebene Leuchte mit dem flüchtenden grünen Männchen für den Notausgang wären; und an der Stirnwand steht leicht schief die hohe Kühlvitrine, daneben die aufgestapelten Plastikträger mit den leeren Mineralwasserflaschen.

Am Ende der gedeckten Tafel mit den Autoritäten haben auch wir Platz gefunden. Es gibt Salat, bestehend aus *radicchio*, Stangensellerie, Spänen von Parmesankäse, angemacht mit Zitrone und Olivenöl und gehobelten weißen Trüffeln; Rührei mit weißen Trüffeln, Tagliatelle und Lasagne mit weißen Trüffeln; Truthahnbrust und Kalbsschnitzel natur mit weißen Trüffeln. Dazu den typischen Weißwein der Gegend, den Bianchello del Metauro, hergestellt aus der Bianchello-Traube, die im Tal des Metauro wächst und einen leichten, nicht zu herben Wein ergibt. Als Dessert wird mit Apfelmarmelade unterlegter Apfelkuchen gereicht, schließlich Espresso und Grappa.

Ein bißchen schwerfällig vom guten Essen und beflügelt vom aufmunternden Bianchello steigen Franco und ich die Treppe vom Gewölbe hoch und kommen wieder auf den mittlerweile mit Menschen gefüllten Rathausplatz. Die Marktstände sind voll mit Käse, Schinken, Salami, und in jeder zweiten Bude werden haufenweise *bianchetti* angeboten. Man wandelt durch Duftwolken von Käse, Salami, Knoblauch und Trüffeln. An den Ständen wird ein bißchen gefeilscht, es wird auf die gewichtserhöhenden Lehmstellen an den Trüffeln hingewiesen. Viel geht nicht; die Einheimischen fühlen sich schnell beleidigt, wenn das Gegenangebot zu niedrig ist. Sie verlangen eben das, was sie brauchen, die *Marchigiani*. Nicht mehr und nicht weniger.

Von der armen schwarzen Trüffel

Weiße Trüffeln, die Herrentrüffeln, sind viel teurer als die schwarzen Trüffeln, das weiß jeder. Aber sind sie besser? Oft fragen mich Freunde, na, hast du wieder Trüffeln gefunden. Natürlich. Weiße? Nein, in dieser Zeit gibt es nur schwarze Trüffeln. Ich bemerke bei meinem Gegenüber nahezu eine Beruhigung, vielleicht sogar Mitleid, weil ich »nur« schwarze gefunden habe. Spreche ich mit Gastronomen oder Köchen, höre ich dasselbe. Ich sehe mich sofort in der Rolle des Advokaten der schwarzen Trüffel. Die wenigsten haben jemals eine ordentliche Speise mit schwarzen Trüffeln gegessen; der Überduft der Herrentrüffeln macht sie unbeweglich.

Schwarz und weiß. Dazwischen gibt es auch im normalen Leben oft nur bedauerlich wenige Schattierungen. Bei luxuriösen Objekten könnte die Blamage besonders groß sein, weswegen sich Mitmenschen aus allen Schichten und unterschiedlichster Bildung gerne an Eckpfeilern ausrichten. Wer etwas nicht wirklich beurteilen kann, hält sich einfach ans Teuerste.

Schwarzweißmalerei

Nun gibt es ja auch eine recht teure schwarze Trüffel, die aus dem Périgord. Aber das ist schon zu speziell, schwarzweiß zu denken ist einfacher. In Tageszeitungen, Fachzeitschriften, Hochglanzmagazinen, aber auch im Hörfunk und im Fernsehen wird regelmäßig über Rekordpreise von Trüffeln berichtet, zwangsläufig von weißen. Von schwarzen Trüffeln wird nicht berichtet – oder das »schwarz« wird einfach weggelassen, und geschrieben steht dann nur etwas von einer »Riesentrüffel«.

Und trotzdem ist der Markt mit schwarzen Sommertrüffeln ein riesiger. In großen Mengen werden sie zu Konserven verarbeitet, aber auch verschämt in der Gastronomie verwendet, getunt mit Trüffelöl.

Woher kommt dieses jämmerliche Image der armen schwarzen Trüffel?

Zunächst ist der Preis die Basis. Neben den oben erläuterten schwarzweißen Gründen bestätigen seit langer Zeit und immer wieder aufs neue schlechte, enttäuschende Erfahrungen von Trüffelkäufern diese Meinung. Im Gegensatz zur Herrentrüffel hat die Sommertrüffel, von der Périgord-Trüffel einmal abgesehen, ein warziges, festes Peridium, eine harte Außenhaut. Auch noch nach zehn Tagen und mehr bleibt diese Trüffel bei der Druckprobe hart. Oft beginnt sie nach dieser Zeit, weißen Schimmel anzusetzen, der sich mit Salzwasser gut abwaschen läßt. Wäre eine Trüffel weich, wie es die weißen Trüffeln viel schneller werden, würde jeder Laie deren Ungenießbarkeit sofort bemerken. Mit jedem Tag verliert die Trüffel nicht nur an Wasser, die Reifung schreitet fort, und es beginnen chemische Prozesse, deren unangenehme Gase den feinen Duft ablösen. Die Trüffel ist dann nicht mal mehr geschmacklos, sondern wird als unangenehm empfunden. Überlagerte Trüffeln beginnen zu »spriten«, sie riechen nach Nitrolack oder nach Benzin.

Kulinarische Entgasung

Eine wenig bekannte schwarze Trüffelart, der *tuber excavatum*, sieht der Sommertrüffel sehr ähnlich, nur hat sie einen unangenehmen Geruch nach Bitumen. Es wurde eine Vakuumtechnik entwickelt, mit der diese und auch überlagerte Trüffeln »entgast« werden können. Die Entgasung überlagerter Trüffeln soll sogar mehrere Tage anhalten. Zwischen frischere Trüffeln gelegt, lassen sich die Oldies an den Mann bringen, empfehlenswert ist dazu ein Fläschchen Trüffelöl.

Seit einigen Jahren werden aus China die Himalaya-Trüffeln *(tuber indicum himalayensy)* importiert, die der Sommertrüffel gleichen, aber einen leichten Rotstich haben. Sie sind billig zu haben, weil sie keinerlei Geschmack aus China mitbringen. Wohl ist es strafbar, diese Trüffelarten vermischt zum Verkauf anzubieten, aber wer traut sich schon, als Laie eine Diagnose zu stellen.

Mit weiß wird angerichtet, mit schwarz gekocht

Mit der Herrentrüffel wird angerichtet, mit der schwarzen Trüffel wird gekocht. Aber selbst in der Gastronomie wissen nur ganz wenige Köche mit der schwarzen Trüffel etwas anzufangen. Sie haben es auch nicht gelernt. In der gehobenen Gastronomie, wo nur das Beste und das Teuerste verwendet wird, hat die weiße Trüffel längst Eingang gefunden. Leider kommt der Gast aber nur selten in den Genuß von Speisen mit der schwarzen Trüffel, da sie ihm nicht angeboten werden. Die schwarze Trüffel wartet mit ihren vielfältigen kulinarischen Möglichkeiten in den meisten Küchen noch auf ihren Auftritt.

Von der Trüffelzucht

»Freuen Sie sich, Theure, sagte ich eines Tages zu Frau von W., man hat in der industriellen Gesellschaft einen Webstuhl vorgezeigt, auf dem man wunderschöne Spitzen weben kann, die fast nichts kosten. – Wie, antwortete mir diese Schöne mit einem Blicke souveräner Gleichgültigkeit, glauben Sie denn, man würde den Bettel tragen wollen, wenn er wohlfeil wäre?« Mit diesem auch heute noch aktuellen Gedanken stellte Jean A. Brillat-Savarin in seinem Buch »Physiologie du Goût« im Jahr 1825 generell Luxusartikel in Frage. Erst die Verknappung, sei sie naturbedingt oder künstlich, mache vieles interessant.

Eine mir gut bekannte Dame sagte einmal: »Wer würde denn diese scheußlichen, stinkenden Dinger essen, wenn sie nicht rar und teuer wären?« Der Römer Petronius ließ bereits im Jahr 66 nach Christus in seinem »Satyricon« vernehmen: »Die Preise würzen die Gaumen der Feinschmecker.«

Spekulationsobjekt Trüffelanbau

In Frankreich wird gerne von einem südfranzösischen Bauern namens Joseph Talon erzählt. Er soll der Begründer der Trüffelzucht sein. Er säte auf einem steinigen Stück Land Eicheln und stellte einige Jahre danach unter den jungen Eichen eine vermehrte Trüffelproduktion fest. Wenn das alles stimmt, hat Monsieur Talon großes Glück gehabt. Der Wunsch, Trüffeln anbauen zu können, ist dem Traum von der Herstellung von Gold ähnlich. Vor ein-, zwei-, dreihundert Jahren standen die analytischen, wissenschaftlichen Möglichkeiten unserer Zeit nicht zur Verfügung, weswegen die Versuche, in großem Umfange Trüffeln anzubauen, scheitern mußten. Trüffeln zu züchten war zur adeligen Mode geworden und wurde zum Spekulationsobjekt. Betrügern und Hasardeuren, die gute Ratschläge und teure Trüffeln für die Weiterzucht verkauften und die Trüffelbeete anlegten, wurde es leichtgemacht. Es wird von französischen Adeligen im 18. Jahrhundert erzählt, die sich durch Versuche, Trüffeln zu züchten, ruiniert haben. Die Ausbeute war immer geringer als die Investition. Von den Verlusten sprachen die Investoren im 18. Jahrhundert genausowenig wie von denen, die heutzutage – bei Spekulationen – eingefahren werden.

Lug und Trug

Auch in den neunziger Jahren wurden in Italien, vornehmlich um den Gardasee herum, von unseriösen Unternehmen Trüffelsamen und angeblich mit Trüffelsporen geimpfte kleine Bäumchen angeboten. Sogar über Rundfunkwerbung wurde versprochen, jedermann könne in seinem Garten Trüffeln züchten. Einige Jahre dauert es nur, dann wäre es soweit.

Es wurde jedoch mit keinem Wort auf die Notwendigkeit einer Bodenanalyse hingewiesen, damit überhaupt eine klitzekleine Möglichkeit eines Zuchterfolges besteht. Für das Unternehmen und deren schlaue Verkäufer war es ein Riesenerfolg. Wenn Sie um den Gardasee herum einen Menschen mit traurigem, aber erwartungsvollem Gesicht in einem Klappstuhl unter einer mittelgroßen Eiche in einem Garten sehen, können Sie sicher sein, es ist einer von denen, die noch auf die Trüffeln warten.

Ich habe über Jahre vergeblich versucht, Dokumentationen über den Trüffelanbau in der Vergangenheit zu finden. Eines Tages stieß ich in einem Antiquariat in Amsterdam auf eine Broschüre mit dem Titel »Der Trüffelbau oder Anweisung, die schwarzen und weißen Trüffeln in Waldungen, Lustgebüschen und Gärten durch Kunst zu ziehen und große Anlagen dazu zu machen«. Herausgegeben von Gottfried Basse zu Quedlinburg und Leipzig, 1825. Das war ein Volltreffer.

Trüffelanbau

»Freuen wird sich jeder Freund der Trüffeln, und wer wäre es nicht, der einmal die Schwämme in ihrer höchsten Reife gekostet hat? wenn er erfährt, daß man sie ebensogut auf ihnen angewiesenen Plätzen wie die Champignons erziehen kann und erzogen hat, und daß die Anlagen keineswegs sehr kostspielig und mühsam sind. Mit geringen Auslagen erhöhet er seine Tafelfreuden, selbst seine Einkünfte; denn nach wenigen Jahren haben sich die Ernten so vergrößert, daß er Trüffeln zum Verkauf anbieten kann. Dann erhält er nicht nur seine früheren Auslagen zurück, sondern noch einen bedeutenden Überschuß.

Eine rege Theilnahme an Erweiterung des Trüffelbaus läßt sich mit Zuversicht von unseren thätigen Garten-Vereinen erwarten. Durch ihn wird ja nicht nur der Ertrag des Landes vergrößert, sondern es werden auch die Freuden der Zusammenkünfte durch Leckergerichte mehr als durch seltene Blumen erhöht.«

Der patriotische Autor Alexander von Bornholz reklamiert, wie »deutsche Trüffeln den Würmern zur Nahrung, den Schweinen zur Mast überlassen werden und der Deutsche sich an der Ware labt, die der thätige Franzose oder Italiener in seinem Vaterlande aufgesucht und als Handelsware ins Ausland gesandt hat«.

Und das alles nur, weil es so schwierig ist, die Trüffeln aufzufinden. »Künstlich« müssen Hunde abgerichtet werden, müssen

Schweine daran gewöhnt werden, die Trüffeln in der Erde aufzufinden und auszuscharren. »Nur wenige Menschen verstehen die Kunst, diese Thiere dazu zu gewöhnen, selbst mit Bekämpfung der eigenen Freßbegierde, dem Menschen die aufgefundene Nahrung zu überlassen. Deshalb kommt die Trüffel in Deutschland nur auf die Tafel reicher Personen und großer Gutsbesitzer, welche sie aber selten in ihrem Besitztum aufsuchen lassen, sondern sie dem Ausländer theuer abkaufen.«

Somit müßte es doch unter den Eigentümern großer Landgüter sehr erwünscht sein, ein Verfahren kennenzulernen, wie sie sich die Trüffel selbst »erziehen« können. Dadurch werden seine Tafelfreuden vermehrt oder, wenn er es vorziehen sollte, der Ertrag seines Grundstückes durch den Verkauf der frischen Trüffeln erhöht.

Von Bornholz berichtet von einigen Versuchen im 18. Jahrhundert, Trüffeln zu verpflanzen und zu »erziehen«, die aber vergeblich waren, weil die Natur dieses »Erdschwammes« nicht bekannt war und somit die Verhältnisse nicht berücksichtigt werden konnten, unter denen sein »Entstehen und Fortkommen oder seine Vermehrung möglich ist«.

Wie Blasenwürmer und Infusionsthierchen

So weit her war es mit dem Wissen um die Natur der Trüffel im Jahr 1825 dann aus heutiger Sicht wohl doch nicht, betrachten wir die nächste botanische Aussage des Autors. »Ob man überhaupt Trüffeln zu den Pflanzen oder Thieren bringen sollte, darüber war man sehr ungewiß; jetzt aber hat man sich überzeugt, daß sie ausschließlich zu keinem gehören, sondern in der Mitte zwischen beiden Reichen stehen und von beiden gleichviel an sich tragen. Nicht durch Samen pflanzen sie sich fort, wie man ehemals glaubte, sondern sie bilden sich in den oberen Erdschichten unter günstigen Verhältnissen eben so aus, wie die Blasenwürmer in thierischen Körpern, oder die nur dem bewaffneten Auge sichtbaren Infusionsthierchen in einem Wasser, das organische Stoffe enthält.«

Bei diversen Feldversuchen wurden Trüffeln ausgegraben und mit der sie umgebenden Erde an einem anderen Platz wieder eingesetzt, jedoch ohne diesen »gehörig vorzubereiten und ihm die zum Gedeihen erforderlichen Mischungsverhältnisse der Erdarten zu geben«. Für die Trüffelbauer war es damals unverständlich, wenn dieser Versuch mißglückte und »die alte Trüffel bald starb, ohne Nachkommen zu hinterlassen«. Es wurden Samen erwartet, die aber nicht kamen. War das hier beobachtete Verfahren etwas anderes, »als aus dem einen Thier einen Blasenwurm auszuschneiden und in das andere einzusetzen, oder einen Eingeweidewurm hinunterschlucken zu lassen, und nun zu glauben, daß die Thierchen sich in dem neuen Wohnsitz vermehren sollen«?

Wie ein Trüffelbeet anzulegen ist

Die Anlage eines Trüffelbeetes sei nun in Kurzfassung erklärt. Ist nicht bereits ein lehmiger Boden vorhanden, wird eine halbmetertiefe Grube ausgehoben und mit einer Ton- oder Lehmschicht ausgelegt. Die Trüffel fordert einen leichten, eisenhaltigen, kalkigen Boden. Ist diese Art Erdgrund nicht vorhanden, muß sie dort hingeschafft werden. Es ist wichtig, die zu verpflanzenden Trüffeln an Regentagen oder zumindest kühlen Tagen mit bedecktem Himmel auszugraben. Sie dürfen nicht mit freier Luft oder gar Sonnenlicht in Berührung kommen, »sonst sterben sie eben so schnell wie der aus dem Wasser genommene, zarte Fisch, oder der seinem Wohnsitze, dem thierischen Körper, entrissene Wurm. Ein todter Trüffelleichnam, der überdies schnell in Verwesung übergeht, vermag selbst unter den günstigsten Verhältnissen nicht, in dem ihm überlassenen neuen Wohnorte ein Bilden junger Schwämme zu veranlassen. Ein solches ist nur der lebenden Trüffel möglich.«

Die Trüffeln werden in ihrer ursprünglichen Erde mit genug

Abstand voneinander in die neue Heimat handbreit tief eingegraben. Dann werden Eichenzweige, Mist und Laub daraufgelegt und Eisenspäne oder Hammerschlag, der beim Schmieden von Eisen entsteht, hinzugestreut. Größere Äste sollen das Hinwegtragen der Laubdecke durch den Wind vermeiden. Ab und zu, besonders an trockenen Tagen, muß das Beet mit weichem Flußwasser und Urin von Kühen angefeuchtet werden. Im ersten Jahr werden sich die Trüffeln wenig vermehren, erst in den nächsten Jahren.

Wo bleibt die Massenernte?

Eine so präzise Anweisung für den Trüffelanbau in Deutschland hätte eine Riesenproduktion zur Folge haben müssen. Und die Deutschen, die ihr Vaterland lieben, hätten nie mehr dem Italiener und dem Franzosen die Schwämme für »theures Geld« abkaufen müssen. Vergeblich habe ich im 19. und im 20. Jahrhundert nach Berichten gesucht, in denen von deutschen Trüffeln geschrieben wurde, weder in Haushaltszeitschriften noch in Kochbüchern. Weil der Trüffelbau doch nicht so gut gelang, machte und macht auch heute noch der »Italiener und der Franzose sein Geschäft«.

Ende des 20. Jahrhunderts entstanden in Italien und Frankreich Institute, in denen die botanischen Verhältnisse der Trüffeln wissenschaftlich erforscht wurden. Doch läßt die Natur eine gesteuerte Produktion nur in beschränktem Maße zu. Die Herrentrüffel kann bis heute überhaupt nicht gezüchtet werden. Die Sommertrüffel, die Périgord-Trüffel und der *bianchetto* nur in gewissem Umfang.

In den Instituten werden aus Eicheln und Haselnüssen kleine Pflanzen gezüchtet, deren Wurzelwerk mit den Sporen von Trüffeln angereichert wird. Damit kann ein Myzel, ein feines Fadengeflecht, entstehen, welches für die Symbiose und die damit verbundene Produktion von Trüffeln notwendig ist. Hat jemand ein geeignetes Grundstück zur Verfügung und Interesse an einer Trüffelkultivation, läßt er zunächst die Erde analysieren und die durchschnittliche Jahrestemperatur sowie Niederschlagsmenge messen. Liegen die Werte im realistischen Bereich, erteilen die Institute Ratschläge, welche Trüffelsorte in Frage kommt. Die Pflänzchen, die in den Instituten, aber auch bei Gärtnern zu kaufen sind, werden in einem Abstand von fünf Metern eingesetzt. Im ersten Jahr muß das Gras auf dem Grundstück immer wieder gemäht werden, damit die Bäumchen eine gute Chance haben, anzugehen und zu wachsen. Nach ein paar Jahren zeigt sich kreisrund an einigen der jungen Bäume, wenn sich ein Myzel bildet. Dieses feine Fadengeflecht schlingt sich um die kleinen Wurzeln, entzieht ihnen Nährstoffe, und das Gras beginnt abzusterben. Das sind die ersten Anzeichen einer positiven Kultivierung. Nach ungefähr zehn Jahren können die ersten Trüffeln entstehen, unter besonders günstigen Bedingungen auch ein oder zwei Jahre früher.

Trüffelwilderer

Sobald die ersten Trüffeln gefunden werden, ist es zweckmäßig, die *tartufaia* einzuzäunen. Sehr schnell würden Trüffelwilderer am Zuchterfolg teilhaben wollen; und ohne Einzäunung kann jeder mit dem *tesserino* ohne weiteres Trüffeln auch auf einem Privatgrund ernten.

Eine auf diese Weise angelegte Trüffelkultur produziert nach den Erfahrungen zehn bis fünfzehn Jahre lang Früchte; dann sind die Bäume zu groß, und das Wurzelwerk geht mit dem jedes Jahr neu entstehenden Myzel nicht mehr so leicht eine Verbindung ein.

Es gab in Italien bis vor kurzem von der Regierung in Rom und von der EU Zuschüsse für die Anlage von Trüffelhainen. Und so wurden in Italien, wo die Spezialisten für die Inanspruchnahme von Subventionen wohnen, viele Haselnußsträucher und Eichen gepflanzt, durchaus vergleichbar mit dem Trüffelrausch in Frankreich im 18. Jahrhundert.

Der Trüffelanbau hat vornehmlich in Italien einen nicht unerheblichen Anteil an der gesamten jährlichen Produktion. Diese Tatsache wird nicht totgeschwiegen, aber auch nicht sehr propagiert. Es wäre für das Image der Trüffeln negativ und könnte mittelfristig die Preise verderben, wenn sich die Meinung verbreiten würde, Trüffeln wären züchtbar; deshalb wird über dieses Thema nicht sehr viel geschrieben oder gesprochen. Eine »angebaute Trüffel« von einer natürlich entstandenen Trüffel zu unterscheiden, ist selbst für den Spezialisten nicht möglich. Trüffeln aus einer Kultivation haben keinen anderen oder gar minderen Geschmack und sehen genauso aus wie die natürlichen, da sie unter den gleichen Bedingungen wachsen.

Kriminelle Freiheiten

Verschiedene Krimis haben die geheimnisvolle und wertvolle Trüffel zum Thema. Dabei beanspruchen die Autoren gerne ein gutes Maß an schriftstellerischer Freiheit und machen selbst vor der Trüffelzucht nicht halt. Davon überzeugte ich mich an einem stürmischen Abend, den ich wohlbehalten und lesend in meinem Sessel verbrachte: In Pierre Magnans Krimi *La Violette auf Trüffelsuche* geschehen in einem Dorf in der Provence geheimnisvolle Morde. Ein recht erfolgreicher Trüffelsucher – Besitzer von Trüffelschwein Roselinde – wird von einer schmuckbesessenen Schönheit in den Ruin getrieben. Um die Schöne bei Laune zu halten, versucht er, seine Trüffelernte zu steigern. Dazu braucht er menschliches Blut. Hat er doch in einem alten Buch von Albertus Magnus (um 1200–1280) gelesen, wie es möglich wäre, die Trüffelernte in seinem Eichenwald erheblich zu vergrößern:

»Rezept, um Trüffeln in Hülle und Fülle zu ernten, indem man die Trüffelhaine mit Menschenblut bespritzt: Nur wenn Ihr über einige Schoppen frischen Menschenblutes verfügt und es über die Trüffelhaine verteilt, werdet Ihr Euch der wunderbarsten Ernte erfreuen, die jemals ward. Die Mönche von Yeusefilt berichten es in ihrer Chronik. In jener Zeit wurde ein großer Teil der Bauern von den Grafen umzingelt in den besagten Trüffelhainen von Yeusefilt, und es geschah ein so wunderbares Gemetzel, daß die Mönche, die jene begruben, bei ihrer Fronarbeit im Blut versanken, das die Erde durchtränkte wie nach einem Platzregen. Und es verging ein Jahr und brachte die üppigste und segensreichste Trüffelernte, die man jemals sah. Die Grafen von Taillerang, die damals im Périgord ärmlich lebten, gewöhnten sich an, bei jeder Gelegenheit solch ein Gemetzel von Bauern in ihren Trüffelhainen zu veranstalten, und sie fuhren gut damit.«

Eine Anfrage an den Autor wegen etwaiger näherer Quellenangaben erhielt die freundliche Antwort per E-mail: »*C'est de la fantaisie, sortie tout entière de l'imagination de l'auteur. Au surplus je n'ai jamais lu le Grand Albert. Cordialement vôtre, Magnan* – Das ist Phantasie, entstanden aus den Vorstellungen des Autors. Übrigens habe ich nie Albertus Magnus gelesen.
Herzlichst, Ihr Magnan«

Vom Botanischen

Die Trüffel sei das Ergebnis der Vereinigung von Blitz, Donner und Regen, meinte der Grieche Theophrast um 300 vor Christus. Er war wahrscheinlich der erste, der sich wissenschaftlich mit der Trüffel befaßte. Seine Theorie war über Jahrhunderte die Grundlage zahlreicher dubioser Vermutungen und Veröffentlichungen. 350 Jahre später meinte Plinius der Ältere, die Trüffeln seien ein Geschenk des Himmels, das sich im Anschluß an einen sommerlichen Gewitterregen als Geschwulst der Erde bildet. Die Heimat der *terfezie* sei ganz sicher das »hochgelobte Afrika«. Einige Jahrzehnte später war Plutarch, der griechische Geschichtsschreiber und Philosoph, der Ansicht, Trüffeln würden quasi gezeugt von gewittrigen Kräften am Firmament, während seine Zeitgenossen meinten, Trüffeln stammten von seltsamen Wurzeln, die sich von der Mutterpflanze abgetrennt und verselbständigt haben oder auf durch Erdfermentierung erzeugte Klumpen zurückzuführen sind. Jahrhunderte später betrachteten der Klerus und der feudale Adel Trüffeln als ihr erdgewachsenes Privileg; das Volk wahrte neugierige, aber ängstliche Distanz, und Unwohlsein oder gar Todesfälle nach dem Genuß giftiger Trüffeln stärkten das mystische Bild der im

Boden verborgenen Bollen nur noch weiter. Man nennt das Gewächs Tartoffel (in Bayern Artoffel), Krötendreck, Poggenstuhl (Krötenstuhl), Grübling, Lorch, Schweinemandel, Erdmorchel, Erdschwamm und Erdnuß. In späteren botanischen Büchern werden Trüffeln ungenau beschrieben und eher nur der Vollständigkeit halber erwähnt. Die Erwähnung unterschiedlicher Trüffelarten beschränkt sich zunächst auf die schwarzen und weißen Trüffeln.

Mit der Bezeichnung und Beschreibung der einzelnen Trüffelarten nahmen es die Pilzgelehrten nicht sehr genau. Es wurde viel abgeschrieben und noch mehr vermutet. Die »ächte« Trüffel, die *tuber gulonum*, *tuber gulosorum* oder *lycoperdon tuber*, die Leckertrüffel, entsprach wahrscheinlich der heutigen Sommertrüffel *(tuber aestivum)*, auch wenn die Beschreibung zunächst nicht ganz richtig ist. »Von runder, sich der Kugel mehr oder weniger nähernder oder eirunder, auch wohl nierenförmiger und etwas höckeriger Gestalt. Die Farbe der Oberfläche ist in der Jugend weißlich, an der völlig ausgewachsenen aber schwärzlich oder dunkelschwarz; im Inneren weißlich mit dunkleren blauweißen, bisweilen grauen, röthlichen, hellbraunen oder dunkelbraunen Adern, von der Dicke eines Pferdehaars, welche gewöhnlich vielfach verschlungen sind und eine Art Netzwerk oder Geflechte bilden. Zwischen den Adern sind die zahlreichen Höhlen mit vielem Schleim und mit kleinen, festeren, dunkleren Körnchen ausgefüllt, diese kaum sichtbaren Drüsen hat man ehemals für die Samenkörner oder zarten

Keime der jungen Trüffeln ausgegeben. Je weniger das Innere der Trüffel durch dunkele Adern gefärbt ist, desto zarter und schmackhafter ist das Fleisch. Die äußerliche schwärzliche Schale ist hart und durch viele feine Risse, Körner und Erhöhungen sehr rauh und bildet mit den fast sechsseitigen kleinen Platten eine Zeichnung.« Und die Trüffel sei »den jungen Nadelholzzapfen namentlich des Lerchenbaums etwas ähnlich«, brachte Alexander von Bornholz zusammen, den ansonsten der »eigenthümliche bisamartige Geruch«, der nach einiger Zeit »urinartig« und schließlich »völlig widerlich und faulig« ist, faszinierte.

Zu Beginn des 18. Jahrhunderts entdeckt der aus Florenz stammende Botaniker Pietro Antonio Michel die Fortpflanzung durch Sporen.

Pflanze oder Lebewesen?

Der polnische Graf Michel Jean de Borch berichtet 1780 in seinem Werk »Lettres sur les truffes de Piemont« über Trüffelsamen, über das Myzel und die Art der Fortpflanzung der Trüffeln. In der Doktorarbeit des Arztes Vittorio Pico aus dem Jahr 1788 in Turin wurde erstmals eine weiße Trüffel als *tuber magnatum* bezeichnet. So trägt die weiße Herrentrüffel nach ihrem Entdecker die Endung *pico*, also *tuber magnatum pico*. Trotzdem stritten sich noch im 19. Jahrhundert Botaniker darüber, ob die Trüffel dem Bereich Tier oder Pflanze zuzuordnen ist, oder ob sie gar eine Mischung aus beidem ist.

Erst Carlo Vittadini führt in seinem 1831 in Mailand erschienenen und heute noch aktuellen Pilzfachbuch »Monographia Tuberacearum « 51 verschiedene Trüffelarten auf und bezeichnet sie. Die von ihm entdeckten Trüffeln bekamen die Endung *Vitt.*, etwa *tuber melanosporum Vitt.*.

Trüffeln gehören der Gattung der Schlauchpilze (lat. *tuber* = Schlauch), deren Myzel (griechisch *mykes* = Pilz) im Erdboden lebt und mit den Wurzeln von Wirtspflanzen eine Symbiose, eine Lebensgemeinschaft zum gegenseitigen Nutzen, in diesem speziellen Fall zwischen Bäumen und Pilzen, auch Mykhorriza genannt, bildet. Sie sind durch hellere und dunklere, gewundene Gänge, die mit einer Fruchtschicht ausgekleidet sind, innen marmoriert. Diese Schicht enthält netzadrige oder stachelige Sporen, die bei der Fäulnis in das Erdreich fallen und damit die Reproduktion ermöglichen.

Heute ist die Fortpflanzung der Trüffeln weitgehend erforscht. Auch wenn es für den Trüffelliebhaber nicht sehr wichtig ist, wie und wann sich die Trüffeln reproduzieren, sei es erlaubt, einen höchst bemerkenswerten Abschnitt aus dem 1996 herausgegebenen wissenschaftlichen Werk »Biologie der Pilze« von Prof. Dr. H. O. Schwantes zu zitieren:

»Die hypogäischen, knolligen Ascomata der Tuberales (Trüffeln) erfreuen sich alters her als Speisepilze großer Beliebtheit. [...] Das haploide Myzel bildet nach einem entsprechenden Zuwachs im Laufe des Sommers dichte Hyphenknäuel, die Fruchtkörperinitialen, in denen zwischen den haploiden Hyphen somatogame Kopulation einsetzt. Das daraus entstehende dikaryotische ascogene Myzel zeigt Schnallenbildung bei jeder einzelnen Hyphenaufgliederung. Dieses und das Fehlen von Gametangien sind Eigenschaften, wie wir sie bei den Basidiomyceten fast als Regel kennenlernen werden. Am Ende des ascogenen Hyphen entstehen die rundlich, keulenförmigen Asci mit meist drei bis fünf dunklen, stark skulpturierten Ascosporen.«

Hyphen und Myzel

In vereinfachter Form läßt sich die Entstehung der Trüffeln, deren verschiedene Arten zu verschiedenen Jahreszeiten entstehen, wachsen und reifen, folgendermaßen erklären:

Die als Hyphen bezeichneten Pilzfäden bilden in der Gesamtheit das Myzel der Trüffeln, eine Art Fadengeflecht, ein verzweigter Vegetationskörper, das sich in unterschiedlicher Tiefe durch das Erdreich zieht

Feine Wurzeln der Wirtspflanze, das können Bäume, aber auch Sträucher oder Gras sein, treffen auf die Hyphen, die Pilzfäden, und werden von diesen ummantelt. Es entstehen Hyphenknäuel, die die Grundlage der Fruchtkörper der Trüffeln sind. Durch den Austausch von Nährstoffen wachsen die

Fruchtkörper heran und lockern die Erde. Der Pilz liefert der Wirtspflanze Wasser und Mineralsalze, der Wirt versorgt den Parasiten mit Kohlehydraten und Chlorophyll. Durch das Wachstum verändert sich die Lage der Fruchtkörper, und der direkte Anschluß und damit die Versorgung durch die Wirtspflanze ist beendet. Die Trüffel nimmt dann nur noch durch das Peridium, durch die Schale, Feuchtigkeit und Nährstoffe auf. Das immer noch vorhandene Myzel und die Trüffel entziehen beispielsweise dem darüberliegenden Gras Nährstoffe, welches dann abstirbt. So entstehen um einen Baum herum kreisförmige Stellen mit sogenanntem »verbrannten« Gras, ein Zeichen für die Entstehung oder für die Existenz eines Myzels und ein Hinweis auf das mögliche Vorhandensein von Trüffeln. Nebenbei bemerkt: Vor allem in Spanien gibt es immer noch ein paar Leute, die glauben, Trüffeln würden vom Teufel kommen, weil sie den Boden »verbrennen« lassen. *Terra bruciata* nennen die Italiener diese kreisrunden Flecken, die durch den Parasiten Trüffel entstehen. In Frankreich schreibt der Aberglaube den Trüffeln dämonische Kräfte zu, und wer nachts Trüffelgebiete durchqueren muß, bekreuzigt sich.

Trüffeln bestehen hauptsächlich aus Wasser (im Schnitt zu etwa 67 Prozent) sowie aus organischen Substanzen wie Kalium, Kalzium, Magnesium, verschiedenen Salzen und einem hohen Proteinanteil. 100 Gramm Trüffelsubstanz haben im Schnitt 44 Kalorien. Und beinhalten ein halbes Gramm Fett und ein knappes dreiviertel Gramm Kohlenhydrate.

Ihr Duft ist ein wesentlicher Bestandteil der Fortpflanzungsstrategie der Trüffeln. Mäuse, Dachse und Wildschweine, aber auch Insekten werden dadurch angelockt und fressen die wohlschmeckenden und nahrhaften Fruchtkörper. Die darin enthaltenen Sporen werden, nachdem sie den Verdauungstrakt passiert haben, an anderen Plätzen abgesetzt, die dann hoffentlich für den Trüffelwuchs geeignet sind.

Auf der Welt gibt es 242 Trüffelarten. Kulinarisch verwertbare Trüffelarten lassen sich an zwei Händen abzählen. Sie kommen im mediterranen Gürtel zwischen dem 44. und 45. Breitengrad vor. Voraussetzung für ein Vorkommen sind milde Temperaturen das ganze Jahr über, die richtige Bodenzusammensetzung, Feuchtigkeit und passende Wirtspflanzen.

Die berühmtesten Trüffelgegenden sind in Italien das Piemont mit Alba als Zentrum und die Marken mit den Orten Acqualagna und Sant'Angelo in Vado. Weniger bekannt, aber mit wesentlichen Erntemengen vertreten, sind die Regionen Molise, Emilia-Romagna, Toskana und Veneto. In Frankreich ist das Périgord das traditionelle Trüffelgebiet.

Während in Frankreich die jährlich geernteten Trüffelmengen zurückgehen, haben die in Italien 1982 erlassenen Trüffelgesetze einen Rückgang verhindert. Herrentrüffeln werden seit einigen Jahren auch in Kroatien, Istrien und Slowenien gefunden und vermarktet, wo unzählige Trüffelsucher in Goldgräbermanier ohne Ausbildung und Prüfung unterwegs sind. Die

Suche ist dort für jedermann frei. Es wird an der Natur Raubbau getrieben, es wird richtiggehend geschürft. Schlecht ausgebildete Hunde zeigen die Fundstellen nicht genau an, und es werden unnötig große Löcher gegraben, die auch nicht mehr zugeschüttet werden. Dadurch werden bestehende Myzel zerstört, und die Trüffeln können sich nicht reproduzieren. Die Ernte ist zeitlich nicht durch Vorschriften begrenzt. Dadurch werden die Trüffeln regelrecht ausgeerntet. Nur wenige Trüffeln verbleiben in der Erde und können nach ihrer Fäulnis ihre Sporen in den Boden geben, um neue Myzel zu bilden. Erst in einigen Jahren werden die Behörden auch in diesen Ländern Gesetze erlassen, um wie im vorbildlichen Italien die Versorgung der globalen Gourmets für die Zukunft zu sichern.

Schon die alten Römer ließen sich die *terfezia leonis,* die im Monat Februar nach kurzen Regenfällen in den arabischen und afrikanischen Wüsten gefunden wurden, bringen. Auch heute noch wird diese Trüffelart in diesen Regionen gefunden, aber auch in Sardinien, Sizilien und Kalabrien. Sie haben allerdings keinen großen kulinarischen Wert, da ihr Duft nicht sehr intensiv ist.

Trüffelrekorde

Die meisten Trüffeln passen bequem in die Jackentaschen, für manche Trüffeln mag es von Vorteil sein, wenn die Taschen groß und zudem bereits ausgebeult sind. Nun gibt es aber aus diversen Bereichen Kurioses zur Trüffel zu berichten: etwa daß alte *trifolai* sich bei der Trüffelsuche nach dem Mond richten; die Herrentrüffel soll weißer sein, intensiver duften und länger halten, wenn sie in den ersten Nächten des abnehmenden Mondes geerntet wird. Die Trüffeln sind im übrigen viel besser zur Gesichtspflege der Damen geeignet als Gurkenscheiben. Der Extrakt der wertvollen Trüffel gibt große Mengen essentieller Mineralien an die Haut ab. Diese pushen die Kollagen- und Proteinwirkung und wirken regenerierend. Der Trüffelextrakt enthält Polysaccharide, die den Feuchtigkeitshaushalt regulieren. Ein idealer, wenn auch sehr teurer Wirkstoff, der bereits für Frauen ab Vierzig mit trockener Haut angeboten wird. Inhaber guter Parfümerien sollen schon in Erwägung gezogen haben, Trüffelhobel mit Brillanten in ihr Sortiment aufzunehmen … Und dann kommen wir natürlich auf das Thema »Größe« zu sprechen. Da erzählt man sich von erstaunlichen Begebenheiten: 1668 wurde eine gute und eßbare Trüffel von einem Filippo Cortesi aus Bologna in Acqualagna im Staat Urbino (Pesaro/Italien) gefunden, die ein Gewicht von 75 *libbre* (= 25 Kilogramm) hatte und dem Kardinal Cesare

Rasponi gebracht wurde, der sie an den Kardinal Flavio Ghigi, einen Neffen Papst Alexanders VII., weitergeschenkt hat.

Filippo Cortesi hatte im selben Jahr nochmals Glück und fand in derselben Gegend eine weitere kolossale Trüffel mit einem Gewicht von 40 *libbre* (= 13 Kilogramm). Es muß sich um die weiße Herrentrüffel gehandelt haben.

Im Jahr 1954 schenkte der Geschäftsmann Giacomo Morra eine in San Miniato im Piemont gefundene weiße Herrentrüffel von 2520 Gramm dem 33. amerikanischen Präsidenten der USA, Harry S. Truman.

Die größte Périgord-Trüffel, auch Norcia-Trüffel oder Tatufo nero del Furlo genannt *(tuber melanosporum Vittadini)*, wurde am 26. Januar 1984 von Giuseppe Basili am Furlopaß bei Acqualagna mit einem Gewicht von 1380 Gramm gefunden.

1995 fand ein anonymer Trüffelsucher im Hinterland von Acqualagna eine Sommertrüffel von 1680 Gramm.

Die Trüffel ist eben ein durch und durch erstaunliches Gewächs.

Von der erotischen Eigenschaft der Trüffel

Der Duft oder der Geruch einer Trüffel hängt davon ab, von welcher Sorte sie ist, von der Bodenbeschaffenheit, von der Wirtspflanze und vom Reifegrad. Die Menschheit teilt sich bezüglich der Trüffeln in zwei Lager – für das eine duftet sie, dem anderen stinkt sie. Weil sie so teuer sind und das Unterbewußtsein den Duft zum Gestank macht? Oder liegen andere Gründe vor?

Die Menschen schätzen die Trüffel – in einem alten Text auch Brunstkugel genannt – schon seit langem als Delikatesse und als Aphrodisiakum, ebenso wie den Sellerie, der gleichfalls Spuren von Androstenon enthält. Pythagoras beschreibt im sechsten Jahrhundert vor Christus die Eigenschaft der Trüffeln, Wollust zu wecken und die Potenz des Mannes zu steigern. Die Griechen dankten ihrem nach Unteritalien ausgewanderten Philosophen seine Erkenntnisse, indem sie die Trüffel der Liebesgöttin Aphrodite widmeten. Römische Ärzte verschrieben in der Antike die »Frucht der Venus« gegen Impotenz. Der Lebensmittelwissenschaftler Prof. Dr. Volker Pudel meinte einmal auf die

Frage, ob Sellerie tatsächlich potenzfördernd wäre, »es käme lediglich darauf an, wie er befestigt wird«. Sollte die jammervolle Aussage auch für die Trüffeln gelten?

Daß guter Rat teuer ist, belegt die tragikomische Geschichte des Duke of Clarence, der eine italienische Verlobte aus altem Piemonteser Adel hatte. Die Auserwählte brachte als Mitgift die Trüffelberge von Alba mit in die Ehe. Das war im Jahr 1368. Die Hochzeit fand in der Heimatgemeinde der Braut statt, und die Wirkung der Trüffeln war wohlbekannt und willkommen. Der bejahrte britische Duke soll sich, um seine junge Frau in der Hochzeitsnacht entsprechend zufriedenstellen zu können, dermaßen mit Trüffeln vollgestopft haben, daß er, noch bevor er die Probe aufs Exempel machen konnte, daran starb.

In Deutschland beobachtete man mit Argusaugen, daß Edelhirsche die Hirschtrüffel *(tuber cervinum)* begierig – so schien es – suchten, und schloß daraus, daß sie den Geschlechtstrieb derselben erwecken würden. Der Hirschtrüffel besonders, aber auch anderen Arten, »legte man eine zur Wollust treibende Kraft bei, und mancher Wüstling genießt diesen Schwamm nicht des Wohlgeschmackes wegen, sondern um den durch Ausschweifungen abgestumpften Trieb neu zu beleben«.

Unterröcke und Bärte

»Wer Trüffeln sagt, spricht gelassen ein großes Wort aus, das Erinnerungen der Liebe und des Feingeschmackes bei dem Geschlechte, welches Unterröcke trägt, und Erinnerungen des Feingeschmackes und der Liebe bei dem Geschlechte, welches Bärte trägt« (man beachte die Reihenfolge!) erweckt, informiert uns Brillat-Savarin in seinem Buch »Physiologie du Goût« aus dem Jahre 1825.

»Diese ehrenvolle Doppeleigenschaft kommt daher, daß dieser ausgezeichnete Bollen nicht allein einen himmlischen Geschmack hat, sondern auch, weil man in frommem Glauben ihm die Eigenschaft beimißt, eine Fähigkeit zu erhöhen, deren Übung von dem süßesten Vergnügen begleitet ist.« Brillat-Savarin empfahl Trüffeln im übrigen bei etwaigen hysterischen Anfällen der Damen.

Im 16. Jahrhundert wurde die weiße Herrentrüffel als Lebenselixier angesehen, da sie vermeintlich weiblich war. Der Schriftsteller Durante meinte, die schwarzen Trüffeln wären männlich und deshalb besser als die weißen, die weiblichen. Die Alten an der Furloschlucht in den Marken erzählen es sich voller Überzeugung noch heute. Wenn ein junger Mann einem Mädchen ein Kompliment machen wollte, erklärte er schmachtend: Du bist die weiße Trüffel meines Lebens. Zumindest zweideutig war das Kompliment der *ragazza* an den jungen

Mann, für sie *un tartufo nero del Furlo* zu sein. Im Volksmund bedeutet *tartufo* auch Heuchler, worüber Betroffene nachdenken sollten.

Der Trüffelprofessor

Über die sexuelle Wirkung der Trüffeln wird also seit jeher gemutmaßt, geschrieben und gesprochen. Irgend etwas muß doch dran sein. Die *Comunità montana del Furlo*, die Vereinigung der Berggemeinden im Hinterland von Pesaro, ist die zuständige Behörde für die Jagd und für die Pilz- und Trüffelsuche. In einer Publikation über Trüffeln stieß ich auf den Namen Karg. Ich begab mich auf die Suche und machte Professor Dr. Heinrich Karg, einen emeritierten Veterinär der Universität Weihenstephan, in München ausfindig. Schon bald lernte ich ihn persönlich in seiner Wohnung am Englischen Garten als einen feinen älteren Herrn, aber gleichzeitig als einen urbajuwarischen Viechdoktor kennen. Ich brachte ihm als kleines Geschenk eine ungeputzte, 80 Gramm schwere Sommertrüffel mit, die Attila und ich am Tag zuvor gefunden hatten.

Eine Sommertrüffel! – die schaut ja *voglwuid* aus (vogelwild – bayerischer Ausdruck der Verwunderung)! – Nun, erwiderte ich, die ist ja auch noch nicht geputzt, aber sie duftet recht intensiv, mit Verlaub, sie stinkt. Im Flugzeug haben die Leute ziemlich angewidert in die Runde geschaut, als ich nach der

Landung in München die Klappe des Handgepäckfachs wieder geöffnet hatte.

Aber das ist es doch gerade. Genau dieser Geruch hat mich veranlaßt, meine Forschungsarbeiten über die Trüffel anzustellen.

Der Professor erzählte mir von seinen Aktivitäten als Forscher in den achtziger Jahren. Ganz nebenbei erfuhr ich von wissenschaftlichen Publikationen über das Sperma der braunen Meeresalge, von den Lock- und Köderstoffen von im Stall lebenden Fliegenarten, von der Mäuseschwangerschaft oder von der biologischen Bedeutung des Präorbitalorgans und des Individualgeruchs beim Rotwild und Näheres über dergleichen Forschungsgrundlagen, die letztendlich zur vollständigen Entlarvung der Trüffel durch den Professor geführt haben.

So ein Hund

Prof. Karg forschte in dieser Zeit an einem Thema, das vor allem für norwegische und englische Schweinezüchter von großem Interesse war. Es sollte der optimale Zeitpunkt der Ferkelkastration festgestellt werden. Männliche Ferkel müssen kastriert werden, bevor sie pubertieren, da sonst der sogenannte Ebergeschmack in das Fleisch gerät, das dann ungenießbar wird. Sobald sie kastriert sind, verlangsamt sich das Wachstum der Ferkel, was für die Fleischproduzenten von einigem Nachteil ist. Also sollte der allerspäteste Zeitpunkt erforscht werden, zu dem die Kastration erfolgen konnte. Im Rahmen dieser Forschungsarbeiten stellten Prof. Karg und seine Assistenten fest, daß »ebriges« Schweinefleisch und Pastinaken und Sellerie identische Duftstoffe, die Sexuallockstoffen gleichen, haben.

Das war natürlich eine Sensation. Eine alte Volksweisheit fiel mir ein: »Freu dich Liebchen, heute gibt's Selleriesalat.« Und die Information brachte mich auf einen Gedanken: Ich ging auf den Viktualienmarkt und kaufte ein paar weiße Trüffeln, Herrentrüffeln, und gab sie zur Untersuchung in ein Labor. Die Ergebnisse waren erwartungsgemäß positiv: die Trüffeln enthielten die gleichen Pheromone (Duftstoffe) wie des Ebers Sexualhormon. Ob das für die schwarzen Trüffeln, die ich von der Straßburger *foie gras* kannte, ebenfalls zutraf? Ich erinnerte mich eines französischen Kollegen, rief ihn an und bat ihn, bei seinem nächsten Besuch in München Périgord-Trüffeln mitzubringen, für rein wissenschaftliche Zwecke. Eine kleine Menge davon haben wir dann im Labor untersucht – gleiches Ergebnis wie bei den weißen Trüffeln. Den Rest analysierten wir – rein wissenschaftlich – zusammen mit dem Kollegen, bei Portwein und Rinderfilet. Auch dieses Ergebnis war sensationell; kulinarisch gesehen.

Symposion »Bewegte Medizin«

Im Rahmen des Symposions »Bewegte Medizin« vor nunmehr zwanzig Jahren in München trug Prof. Karg das Ergebnis seiner Trüffelforschungen vor. Es folgt – mit ausdrücklich angenehmer Genehmigung des Autors – ein für Nicht-Wissenschaftler verständliches und auf die Trüffel und das Trüffelschwein bezogenes Extrakt dieser von dem anwesenden, sehr seriösen Auditorium interessiert und amüsiert aufgenommenen Ausführungen.

Als der Perserkönig Kambyses II. gestorben war – so berichtet Herodot –, einigten sich die sechs Kandidaten für die Nachfolge auf folgenden Wahlmodus: Sie wollten am anderen Morgen vor das Stadttor reiten. Wessen Pferd bei Sonnenaufgang als erstes wiehere, der sollte die Herrschaft erhalten. Oibares, der kluge Stallmeister des Darius, half ein wenig nach. Er verbarg seine Hand, die er mit dem Geschlechtssekret der Lieblingsstute von Darius' Hengst benetzt hatte, in der Hosentasche. Als bei Sonnenaufgang die Pferde abreiten sollten, zog Oibares die Hand heraus und hielt sie unter die Nüstern des Hengstes von Darius. Der schnaubte und wieherte. So war Darius zum König ernannt worden.

Soweit der Bericht Herodots, in dem anschaulich die Wirkung von Pheromonen – hier mit weltgeschichtlichen Folgen – mitgeteilt wurde, im Jahr 522 vor Christus.

Dem einen stinkt's ...

Der Eber produziert Sexualsteroide (biologisch wichtige organische Verbindungen), die eine definierte Pheromonwirkung (Pheromon = Wirkstoff, der nach außen abgegeben wird und auf andere Individuen der gleichen Art Einfluß hat) auf weibliche Schweine haben und die identisch sind mit entsprechenden Verbindungen, die auch bei Hominiden (Angehörige einer Ordnung von Lebewesen, die aus dem heutigen Menschen und seinen Vorläufern sowie den Menschenaffen besteht) nachgewiesen sind. Es handelt sich um die moschusartige Komponente 5a-Androst-16-en3a-ol, die dem Eberfleisch den unerwünschten Geruch gibt und die auch im Urin des Menschen, vor allem des Mannes, in erheblichen Mengen ausgeschieden wird, aber auch im Achselschweiß des Mannes nachzuweisen ist. Außerdem findet sich im Achselschweiß des Mannes noch die urinartig riechende Komponente 5a-Androst-16-en-3a-on in allerdings stark schwankenden Mengen.

Der Eber synthetisiert sein »Herrenparfüm« auf einem Nebensyntheseweg in den Hoden aus den gleichen Vorstufen, aus denen auch die Androgene (männliche Geschlechtshormone) aufgebaut werden. Anscheinend findet dann in den Speicheldrüsen eine Metabolisierung (Umwandlung) statt, die ein individuelles Mischungsverhältnis ermöglicht. Das Pheromon wird dann durch Schlagen des Speichels zu Schaum abgegeben, wenn sich der Eber einem paarungsbereiten Weibchen nähert.

Dieses Pheromon wurde übrigens auch in einen Spray eingearbeitet; dieser »Doseneber« wird bei der künstlichen Samenübertragung verwendet, um das weibliche Tier zum Stillhalten zu veranlassen.

Auch war ein »Herrenparfüm«, das dieses Pheromon enthielt und das nach Moschus duftete, auf dem Markt. Nur für kurze Zeit. Es wurde verboten – warum auch immer. In einem Parfüm der Männerserie von Boss soll eine »ungewöhnliche Kopfnote mit raffiniertem Kontrast zu exotischen Gewürzen und einer Spur echtem Trüffel« herauszuriechen sein.

Die Hirschtrüffel, die vor knapp tausend Jahren den Männern in getrockneter und zerriebener Form als »Liebespulver« diente, soll noch heute in der Kaninchenzucht verwendet werden, um müde Rammler zu aktivieren.

Sauerei

Im Piemont ist es strafbewährt verboten, Trüffeln in öffentlichen Verkehrsmitteln zu transportieren. Duft zieht an, Gestank stößt ab. Für manche haben Trüffeln einen lüsternen Duft. Tatsächlich haben gut reife Trüffeln einen spermaähnlichen Geruch. Wurden deshalb im Altertum die Trüffeln »Hoden der Erde« genannt? Nun hat der Eber keinen Achselschweiß aber er lockt mit dem Pheromon in seinem Speichel über Kilometer eine empfängnisbereite Sau an. Käme sie näher, verfiele sie durch dieses Sexualhormon zunächst in die sogenannte »Duldungsstarre« und dann dem bedrängenden Eber. Durch Versprühen von diesem Duftstoff und durch Druck auf den Rücken kann der Sau also eine bevorstehende Paarung vorgegaukelt werden. Der Mensch nutzt seit Jahrhunderten diesen Mechanismus schamlos zu seinem Vorteil aus. Die arme Sau wittert unter dem Waldboden ihren schweinischen Märchenprinz, pflügt mit der Schnauze durch die Erde und findet vielleicht so einen saublöden Pilz, den ihr der egoistische Trüffelsucher dann auch noch wegnimmt.

In einer Versuchsreihe im Rahmen der Forschungsarbeit von Prof. Karg, wurden Geruchsempfindungen von Frauen und Männer auf den ebrigen Geruch dokumentiert. Unter den starken Reagenten waren erheblich mehr Frauen, unter den nicht Reagierenden mehr Männer.

Von großen Männern der Geschichte sind uns »Gerüchte« überliefert, die, wenn sie auch diese Forschungsergebnisse nicht bestätigen, doch anrüchig genug sind, hier erwähnt zu werden. Ludwig XIV., der Sonnenkönig, liebte den Schweißgeruch über alles, weswegen er seiner Dienerschaft verbot, sich zu waschen. Napoleon Bonaparte schrieb seiner Josefine vor seinem Besuch: Wasche dich nicht, ich komme in vierzehn Tagen.

Von Erstunkenem und Erlogenem

Teure Lebensmittel, Weine, Kunst und andere Dinge, die, wie allgemein angenommen wird, ganz offensichtlich von Lebensstil zeugen, rufen viele Kenner auf den Plan – und solche, die es gerne sein wollen. Wer bestimmte Dinge hat, weiß auch besonders gut Bescheid. Nun gibt es aber freilich auch solche, die zwar nicht Bescheid wissen, aber dennoch zu den Besitzern gehören möchten. Das ist eine Beobachtung, die man machen kann, eine andere ist: Niemand blamiert sich gern – natürlich nicht. Menschen gehen nun einmal gern als Überlegene durch die Welt; nicht nur bei Aktiengeschäften spricht man eher von den Gewinnen, auch beim Golf oder bei amourösen Abenteuern. Ungerne, und nur wenn es nicht anders geht, werden Niederlagen zugegeben. Angst vor der Blamage schützt den Betrug, der nicht existenzbedrohend, aber peinlich ist. So wird der Geruch eines umgestandenen Weines schon mal zum Barriqueduft. Und wer in einem Feinkostgeschäft ahnungslos eine bereits alt gewordene Trüffel erworben hat und sie sich und den Gästen über die Pasta hobelt, wird ebenso wie die Gäste eher vornehm schweigen, anstatt sich laut über die buchstäbliche Geschmacklosigkeit zu empören.

Wunderbare Gewichtsverminderung

Ein Besuch auf dem Trüffelmarkt von Acqualagna oder Alba ist ein großes Erlebnis. Es riecht dort von Oktober bis Dezember an allen Ecken und Enden nach den Herrentrüffeln. Der Kenner muß hier einkaufen. Da taucht auch schon ein kleines, altes Männchen auf, runzeliges Gesicht, Schiebermütze, viel zu große Brille, und nimmt den Kenner beiseite, holt aus der Tasche der verbeulten Jacke eine Handvoll zerknülltes Papier, das er nervös auseinanderzieht. Es kommen ein paar aprikosengroße Erdklumpen zum Vorschein, die er uns unter die Nase hält – ah, welch intensiver Duft. Was kosten sie? Eine Briefwaage eines Kollegen in der Nähe zeigt für die drei Trüffelchen 96 Gramm an. Der Preis wird vereinbart, wir schauen kritisch und abweisend, aber es nützt nichts. Der Preis bleibt, 250 000 Lire, wir haben eh keine Chance, zu beurteilen, ob er in Ordnung ist. Wir nehmen die Trüffeln und freuen uns auf Tagliatelle mit endlich mal mehr als nur drei dünnen Scheibchen Trüffeln darüber. Trüffeln halten sich am besten, wenn sie nicht geputzt sind, noch von der eigenen Erde umhüllt, bis sie verarbeitet werden. Der Geruch verfolgt uns auf unserer Heimfahrt mit dem Auto durch das Marmeladenglas hindurch aus dem Kofferraum bis in den Innenraum unseres Fahrzeuges und entfacht kulinarische Träume in uns. Zu Hause angekommen, bereiten wir umgehend unsere Traumnudeln und holen die Trüffeln aus dem Gemüsefach und dem Marmeladenglas. Vorsichtig mit einer weichen Bürste unter Wasser säubern, hat man uns gesagt. Beim Bürsten der ersten Trüffel fallen einige Lehmklumpen ab und einige Beschädigungen, die zugekittet waren, werden sichtbar. Von einer 30-Gramm-Trüffel bleiben gerade noch 19 Gramm, wie uns unsere Briefwaage schonungslos informiert. Nun die zweite. Lehm geht ab, und einige kleine Löcher kommen zum Vorschein, Insekten? Mit einem spitzen Messer pulen wir ein kleines Metallstück heraus, eine Schrotkugel; und dann noch ein paar. 20 Gramm bleiben von 30 übrig. Die dritte wird sehr kritisch beäugt. Nur wenig Lehm ist dran, aber sie ist weich wie ein Gummiball, also schon einige Tage alt. Die Enttäuschung ist groß – nicht die Blamage, denn die eingeladenen Freunde werden nichts davon erfahren. Ihre Verzückung über das, was außer Lehm, Schrot und der vergammelten Trüffel geblieben ist, läßt alles vergessen; und ein paar Tropfen des mitgebrachten Trüffelöls.

Hübsch angerichteter Betrug

Es gibt Restaurants – nicht nur in Italien –, da werden weiße Trüffeln auch im Frühjahr angeboten. Nach der Vorstellung des Gastes handelt es sich natürlich um teure Herrentrüffeln. Die gibt es aber nur von Oktober bis Dezember. Die weiße Frühjahrströffel *(tuber borchi)* ist von der Qualität nicht vergleichbar und kostet nur einen Bruchteil der Herrentrüffel. Sie riecht oft ordinär und belastet leicht den Magen, was schnell und eindeutig festzustellen ist. Nun findet man zu dieser Zeit schwarze Wiesentrüffeln *(tartufo del campo)*, die innen weiß sind. Auch die ersten Sommertrüffeln *(tuber aestivum)*, ebenso innen weiß-beige, gibt es. Wenn das schwarze Peridium, die Außenhaut, abgerieben oder abgeschnitten und etwas Trüffelöl hinzugegeben wird, liegt der Betrug hübsch angerichtet auf dem Teller.

Im 18. Jahrhundert wurden Verbraucher im größeren Stil hinters Licht geführt: In Südbaden wurden schwarze Trüffeln in beachtlichen Mengen geerntet, die nach Frankreich gebracht, als Périgord-Trüffeln in Straßburg in der Gänseleberpastete verarbeitet und dann wieder nach Deutschland »reimportiert« wurden.

Polizeilich verbotene Trüffeln

Bereits in der Ausgabe der Zeitschrift für »Untersuchung der Nahrungs- und Genußmittel sowie der Gebrauchsgegenstände« vom 15. Februar 1911 wurde eine Mitteilung aus dem Mykologischen Institut der königlichen Forstakademie in Hannoversch-Münden veröffentlicht. Darin ist von häufigen Fällen von Pilzvergiftungen zu lesen, die besonders bei den Trüffelarten eintreffen, die zur Herstellung von Würsten, Pasteten und ähnlichem Verwendung finden. »Da die echte, durch ihr eigenartiges Aroma ausgezeichnete Trüffel sehr hoch im Preise steht, kommt außerdem die Verwendung von Surrogaten (Aromen und Ersatzstoffe minderer Art) in Betracht, deren Unterscheidung bei feineren, damit gewürzten und in den Handel kommenden Speisen für die Nahrungsmittel-Kontrolle von Bedeutung ist.«

In derselben Ausgabe wird darauf hingewiesen, daß »neben der echten französischen Périgord-Trüffel, noch andere Arten in den Handel kommen, wie die hauptsächlich in Nord- und Westdeutschland verbreitete deutsche oder hannoversche Trüffel und die besonders in Oberschlesien unter dem Namen weiße Trüffel bekannte tuber album *(choeromyces gibbosus)*. Diese Pilze, insbesondere auch *choeromyces*, stehen aber, was ihr Aroma und ihren Geschmack anbelangt, weit hinter der französischen Trüffel zurück und müssen daher auch geringer bewertet werden als jene.«

Und besonders vorsehen sollte man sich vor einem anderen Pilz, welcher häufig mit der echten Trüffel verwechselt oder als Ersatz für diese in den Handel gebracht wird. »Dies ist die sogenannte falsche Trüffel *scleroderma vulgare*. Dieser Pilz bildet der äußeren Erscheinung nach ähnlich wie die Trüffel knollenförmige, runde oder längliche Fruchtkörper, gehört aber einer ganz anderen Pilzklasse an. Werden die außenliegenden (netzartigen)

Myzelstränge abgerieben und der Pilz nach unten rund zugeschnitten, so sieht er äußerlich der Trüffel sehr ähnlich und kommt dann meist in Scheiben geschnitten in den Handel. Abgesehen davon, daß der Geschmack unangenehm und durchaus nicht trüffelartig ist, muß er wohl mit Recht als giftig betrachtet werden, der unangenehme Erkrankungen hervorruft. Sein Feilhalten ist daher in Schlesien polizeilich verboten.«

Trüffelöl

Noch vor nicht sehr langer Zeit wurde in einer Reihe von Gerichten auf den Altären der *Haute Cuisine* Trüffelöl verwendet. Der intensive Geschmack zog sich durch Kartoffelsuppen, Spargelsaucen, Nudeln, Salate. »Kenner« bemerkten recht schnell, wenn Trüffelöl im Spiel war, und stiegen ob ihres feinen Spürsinnes bei den ehrfürchtigen Mitessern gehörig in der Achtung. Heute hat es sich in den Feinschmeckertempeln ausgeduftet, jetzt ist zunächst und bis auf weiteres der Aceto balsamico dran. Das abgetakelte Trüffelöl steht nun im dezenten 55-Milliliter-Fläschchen in den privaten Küchen. Wie einst die eckige braune Maggiflasche mit dem roten Ausgießer.

Trüffelöl wird aus mehr oder weniger gutem Olivenöl hergestellt und kostet von fünf bis 15 Euro – eine zunächst schwer verständliche Preisspanne. Die Intensität des Duftes ist umwerfend, selten aber die Qualität. Der intensive Trüffelgeschmack, es geht ausschließlich um den Geschmack der Herrentrüffel, wird durch zugefügte Aromen erreicht.

Olivenöle – auch extra vergine – haben eine Preisspanne von vier bis 25 Euro pro Liter. Die Bezeichnung »extra vergine« hat nichts mit der Qualität und der Art der Herstellung des Öls zu tun. Sie bedeutet lediglich, daß ein bestimmter Säuregrad den Richtlinien der EU entsprechen muß. Die von der EU vorgeschriebene Angabe des Herstellungsortes sagt nichts über die Herkunft der Oliven aus. Sie können als Billigware durchaus ein oder zwei Wochen von Marokko oder einem anderen entfernten

Land unterwegs sein, bis sie verarbeitet werden. Durch die zwangsläufig entstandenen Druckstellen hat der Fäulnis- und Gärprozeß bereits eingesetzt, und er wird, das Aroma beeinträchtigend, minderwertiges Öl verursachen. Das Etikett wird den wohlklingenden italienischen Ort tragen, in dem die Herstellung stattfand. Bestes Olivenöl wird traditionell aus handgepflückten und sofort verarbeiteten und damit »ortsansässigen« Oliven mit Hilfe schonender Technik hergestellt.

Werden in Olivenöl für längere Zeit Trüffelstücke gelegt, übernimmt das Öl das Aroma. Eine andere Methode ist, in Kühlschränke frische Trüffeln zu legen, die an das in flachen Behältern liegende Olivenöl ihr Aroma abgeben. Das aromatisierte Öl wird sodann mit Olivenöl gestreckt, was bei weitem nicht den konzentrierten Duft ergibt, der vom Käufer erwartet wird. Die bei der Aromatisierung verwendeten Trüffeln verlieren schon nach ein paar Tagen erheblich an Gewicht und Qualität und damit an Wert. Diese Herstellungsmethoden sind äußerst teuer und genügen zudem nicht dem Anspruch des breiten Marktes.

Also werden die relativ schwachen Trüffelöle mit einer Aromasubstanz angereichert, oder man mischt diese gar in das »leere« Olivenöl. Die Substanz heißt Bismethyltiometan, wird aus Flüssiggas hergestellt und erhält die klangvolle Bezeichnung *condimento*, was »Würze« bedeutet, nicht mehr und nicht weniger. Zur Tarnung werden noch ein paar klitzekleine Stücke einer Trüffel hineingelegt. Auf der Flasche muß vermerkt sein, von welcher Trüffelart die Partikel stammen, meist von der Herrentrüffel. Aber es finden sich auch Trüffelöle mit Stückchen der Sommertrüffel oder gar des *tuber indicum*, der Himalaya-Trüffel, die nahezu wertlos ist und nicht viel mehr als Kartoffeln kostet. Doch wer weiß schon um diese Feinheiten – oder um den *tuber indicum?* Vorschrift jedenfalls ist die Beschriftung mit dem, was tatsächlich drin herumschwimmt, wie: olio di oliva 99 %, tuber indicum 1 %, *aromi*. Und diese *aromi* können bei empfindlichen Verbrauchern Übelkeit und Kopfschmerzen verursachen.

Trüffeldoping

Vor einigen Jahren wurde ein Trüffelgroßhändler aus Umbrien verhaftet, weil er Trüffeln gefälscht hatte. In Italien Lebensmittel zu fälschen oder Wein zu panschen wird unnachsichtiger geahndet als ein Mord. Der Umbrier hatte aus China Trüffeln importiert, die nicht mehr Geschmack als ein Kohlrabi hatten. Um diesem Manko abzuhelfen und die Bilanz seines Unternehmens zu verbessern, injizierte er Trüffel für Trüffel mit der vorher besprochenen Aromasubstanz, bis die Sache aufflog. Nicht zuletzt die Vereinigung der Trüffelsucher der Region hatte Lunte gerochen und etwas gegen dieses Verfahren einzuwenden. Andere findige Trüffelverkäufer legen die erheblich billigeren Wintertrüffeln *(tuber brumale)* zu den begehrten Périgord- oder Norcia-Trüffeln *(tuber melanosporum)*. Ein wenig

Aromaübertragung und die Unkenntnis der Käufer erhöhen den Verdienst um einiges. Die Wintertrüffeln sind innen dunkel- bis schwarzbraun, ähnlich der wertvolleren Schwestern, und vom Äußeren sind sie noch schwieriger zu unterscheiden. Die untrügliche Zuordnung ermöglicht letztlich nur die Geruchsprobe, denn der Duft der Wintertrüffel ist nicht so intensiv und angenehm, gleichwohl der Geschmack.

In den neunziger Jahren kosteten weiße Trüffeln aus den Marken nur halb soviel wie die aus dem Piemont. Es war kaum bekannt, daß der *tuber magnatum* auch in anderen Regionen und Ländern vorkommt und die Qualität dort nicht zwangsläufig schlechter ist. So erfuhr, ähnlich wie ein seriöser Linienaquavit durch seine Äquatorüberquerung gehörig nachkalkuliert wird, manch weiße Trüffel aus den Marken oder aus der Emilia-Romagna durch eine Reise in Italiens Norden eine ansehnliche Werterhöhung. Heute sind die Preise hier und dort ähnlich hoch und orientieren sich an Angebot und Nachfrage, je nachdem, ob es ein gutes oder ein schlechtes Trüffeljahr ist. In den letzten Jahren wurden beträchtliche Mengen der Herrentrüffel in der fast unbekannten italienischen Region Molise, aber auch in Istrien und Kroatien geerntet. Unwichtig, wo sie herstammen, gibt es für den Feinschmecker nur die Unterscheidung zwischen guten oder weniger guten Trüffeln, die schöner oder weniger schön anzusehen sind und stärker oder schwächer duften. Nicht einmal Eingeweihte können verläßlich feststellen, woher eine einsame Trüffel stammt – ist kulinarisch gesehen ja auch unwichtig.

Wenn schon nicht wahr, dann zumindest gut erfunden

Jedes Jahr zu Beginn der Saison der Herrentrüffeln, wird in der Tagespresse, in Feinschmecker- und Hochglanzmagazinen, im Rundfunk und im Fernsehen über Trüffeln berichtet. Ich verfolge diese Berichterstattung genauso genau wie interessiert, da ich auf diese Weise immer wieder neue Informationen bekomme, auch wenn die Ausbeute an echten Neuigkeiten und mir noch nicht bekannten Tatsachen in den letzten Jahren immer dürftiger wird. Um so mehr achte ich auf fehlerhafte Berichterstattung. Viele Fehler und Vermutungen, ja Ahnungen, werden unkritisch weitergegeben und setzen sich besonders gerne fest. Manch Trüffelartikel verleitet zu der Meinung, die Verfasser würden jeden Herbst das Rad oder die Trüffel neu erfinden.

Eine ungenaue Berichterstattung durch oberflächliche Recherche oder in Ermangelung von Wissen aus erster Hand – oder sollte ich sagen: Pfote – trägt zur immer sich erneuernden Mystifizierung der Trüffel bei. Gut lancierte Pressemeldungen über Rekordtrüffeln, schlechte Ernten, Hundevergiftungen und Krieg zwischen Trüffelrivalen werden gerne aufgenommen und halten den permanenten Trüffelkrimi am Leben.

Eine Herrentrüffel mit einem Gewicht von 852 Gramm, die angeblich in Alba versteigert wurde, wurde bei Sassoferrato in den Marken gefunden. Sie erzielte einen stolzen Preis von fast 35 000 Euro, das entspräche einem Kilopreis von rund 40 000 Euro. Nun steht dieser Preis im Raum und nicht jeder weiß, es handelte sich um eine Benefiz-Versteigerung, deren Erlös zum großen Teil für einen guten Zweck verwendet wurde. Was soweit sehr erfreulich ist. Ein guter PR-Gag, doch nicht genug, die Steigerung folgte auf dem Fuß. Die Medien berichteten eine Woche später mit großer Häme von dem urlaubsreifen Sternekoch Andy Neeham des Restaurants *Zafferano* in London. Signor Cassini, der Inhaber, hatte zusammen mit einigen Prominenten die Riesentrüffel ersteigert und im Restaurant ausgestellt. Immer wieder kamen ungläubige Trüffelfreunde, »sogar aus Spanien und Frankreich, um nur einen Blick auf das Gewächs werfen zu können«. Das hat Küchenchef Neeham offensichtlich sehr angestrengt, und er mußte für ein paar Tage Urlaub machen. Auch die Trüffel machte dann einen »faulen« Urlaub in einem Tresor im Kühlschrank und entwickelte sich biologisch weiter zu einer »schimmligen Masse«, wie den Zeitungen zu entnehmen war.

Signor Cassini konnte dem Unglück aber trotzdem eine gute Seite abgewinnen: »Sie ist als glückliche Trüffel gestorben, sie ist unzerteilt in die Erde zurückgekehrt.« Ach hätte er sie doch per Post oder per Kurier nach Sassoferrato zurückgeschickt und sie dort begraben lassen. Dann hätte sie mit ihren gut veranlagten Sporen die Muttererde geschwängert und uns vielleicht im nächsten Jahr mit duftenden Nachkommen erfreut. Und sollte das alles nicht wahr sein, wäre es zumindest gut erfunden. Alle, die mit Trüffeln Geld verdienen, können sich bei so einer Werbung freuen.

Image vom unbezahlbaren Luxusartikel

In Deutschland wurden im Jahr 2004 in Feinkostgeschäften Höchstpreise von bis zu 8000 Euro für Trüffeln erzielt. Dieser Preis, ohne nähere Erläuterungen einfach in den Raum gestellt, wird den Interessenten verwirren. Um welche Trüffelart handelt es sich? Wer bekommt diesen Preis – der Trüffelsucher, der Trüffelhändler in Italien, der Importeur, der Gastronom oder der Feinkosthändler in Italien oder in Deutschland? Eins wird immerhin erreicht: Die Trüffel behält das Image, ein nahezu unbezahlbarer Luxusartikel, ein Genußmittel und auch ein bißchen Droge zu sein. Damit werden Erstaunen, Hochachtung und Neid hervorgerufen. Ob schwarz oder weiß, fragt da schon niemand mehr.

Die besten Trüffeln sind die weißen Alba- oder Piemont-Trüffeln! Lange Zeit war diese Aussage unbestritten. Die genaue Bezeichnung ist Herrentrüffel. Da im Piemont tüchtige Leute schon vor vielen Jahren etwas von Marketing verstanden haben, hat sich die Trüffel aus Alba als das Nonplusultra in den Köpfen vieler Feinschmecker und Journalisten eingegraben. Trüffelhändler aus der Emilia-Romagna, aus den Marken, der Molise schwammen jahrelang parasitär auf dieser Image- und Preiswelle mit. Kosteten früher Herrentrüffeln, die nicht aus dem Piemont stammten, nur die Hälfte, haben sich heute die Preise in nahezu allen Trüffelgebieten, auch in Istrien und Kroatien, dem hohen Niveau angeglichen.

Nun: *Der* Trüffel, ein teurer Spaß. Aber Feinschmecker lieben *ihn* nun einmal so sehr, auch wenn *er* teurer ist denn je. Solche Feststellungen beinhalten einen gravierenden grammatikalischen Fehler. Es heißt: *die* Trüffel. Richtig ist *der* Trüffelpilz oder *das* Trüffelchen.

Es wird oft von *der teuren Knolle* geschrieben. Die Trüffel ist aber keine Knolle, sondern ein Pilz aus der Gattung der Schlauchpilze. Eine Knolle hat ein festes, durchgängiges Fruchtfleisch, die, wie beispielsweise die Kartoffel, austreibt. Die Trüffel hingegen hat im Inneren gewundene Schläuche, in denen sich die Sporen befinden, die von der faulen Frucht in das Erdreich gelangen.

Von alten Trüffelrezepten

Viel haben die werten Leserinnen und Leser bis hierhin gelesen und erfahren über das rundliche Gewächs, das die Menschen seit Jahrtausenden beschäftigt. Jetzt ist es an der Zeit, sich der Zubereitung zuzuwenden.

Bevor es jedoch darum gehen soll, wie man heute in der Trüffelküche hantiert, werfen wir einen Blick zurück.

Aus Joseph Königs »Geist der Kochkunst«, das 1822 in Stuttgart und Tübingen, von C. F. von Rumohr überarbeitet, herausgegeben wurde, stammt die folgende Betrachtung über Trüffeln.

»Allen eßbaren Schwammgewächsen steht billig die Trüffel vornan. Sie ist, wie Niemand in Zweifel stellt, die erste Zierde reichbesetzter Tafeln. Doch sind nicht alle Trüffeln gleich wohlriechend und schmackhaft; aus der Landschaft Périgord und aus dem Thale der Etsch, gegen Trient hin, bezieht man die leckerhaftesten. Auch kommt es darauf an, daß die Trüffel ihre völlige Reife erlangt habe, doch dabey nicht überzeitig sey. Angefaulte Trüffeln muß man wegwerfen, sollte auch noch etwas gesundes daran seyn.«

Der Vorschlag, die Trüffeln mit siedendem Wein von der Erde zu befreien, trägt allenfalls dazu bei, die Ehrfurcht vor ihr zu erhöhen, auch wenn ein einfaches Handbürstchen und laufendes Wasser wirkungsvollere Dienste leisten. Aber wir erkennen natürlich an: Wertvolle Dinge verlangen nun einmal Zeremonien.

»Die Trüffeln werden insgemein in siedendem Weine von der anklebenden Erde befreyet. Einige schälen die Trüffel; allein der beste Geschmack ist gerade in ihrer etwas holzigen Schale enthalten.«

Aktualisiert bereichern im übrigen auch die beiden folgenden Serviervorschläge durchaus die Trüffelküche:

»Trüffeln in einer Mischung von Wein und Fleischbrühe mit ganzen Pfefferkörnern abgesotten, reinlich herausgenommen, auf einem Tuche angerichtet und mit frischer Butter zum Eingang gegeben.«

Und der zweite Ratschlag lautet: »Trüffeln, auf Italienisch, fein gehobelt mit etwas Öl, Salz, Pfeffer, auf einem Teller erhitzt, zuletzt Citronensaft darüber gedrückt; auch wohl mit Parmesankäse bestreut. Dasselbe auf abgebackenen Brodtschnittchen angerichtet.« Sehr schön. Und ferner wird weise beobachtet: »Was die Trüffel, als Würze betrachtet, in Tunken, in Pasteten, in Füllmengen leiste, weiß nunmehro die ganze gesittete Welt. Denn seitdem man erkannt hat, daß Mahlzeiten auf die Stimmung des menschlichen Herzens einen entscheidenden Einfluß ausüben, mithin von köstlichen Mahlzeiten in öffentlichen Sendungen häufig Gebrauch macht, ist die Diplomatie eine wahre Propaganda alles Schmackhaften, Leckeren und Selten geworden; so daß man kaum mehr für einen rechten Gesandten hält, wer nicht versteht, als seinem Herrn redlich zu dienen. Leider ist aber hiedurch jenes zweideutige Gebilde der Natur an der Quelle selbst vertheuert worden, was denn manchem stillen Verehrer des Schönen und Anmuthigen jeglicher Art seinen Genuß verkürzen mag.« Höchst aktuell, diese Feststellung – ähnlich wie heute wurden die Trüffeln durch Trendsetter, damals war es die Diplomatie, zur Mode und unbezahlbar für den wahren, den stillen Feinschmecker. Wer weiß, wie es heute um die Trüffel stünde, wenn nicht bekannte Persönlichkeiten wie Alfred Hitchcock, Marilyn Monroe und Isabel Allende durch Würdigung und Begeisterung zur Popularität der Erdfrucht beigetragen hätten.

Was wir an Küchentips aus vergangenen Zeiten mitnehmen, ist folgendes:

Trüffeln in Wein und Fleischbrühe gekocht

Périgord-Trüffeln ganz in kräftiger Fleischbrühe mit Rotwein, beispielsweise Portwein, 20 Minuten lang mit ganzen Pfefferkörnern kochen, auf einem Tuch anrichten und trocknen. Die Brühe in kleinen Tassen servieren, dazu die Trüffeln, die jeder für sich in messerrückendicke Scheiben schneidet, in die Brühe taucht und zusammen mit einem Butterflöcken, vielleicht mit etwas Pfeffer darüber, verspeist.

Trüffeln mit Zitrone und Parmesankäse

Auf einen heißen Teller Sommertrüffeln oder Périgord-Trüffeln dünn hobeln. Bestes Olivenöl, etwas Zitronensaft darüberträufeln und Parmesankäse darüberhobeln. Dazu Weißbrot servieren.

Weißbrot mit Trüffeln

Weißbrot toasten, Olivenöl darüberträufeln, schwarze oder weiße Trüffeln darüberhobeln, Salz und schwarzen Pfeffer und mit einem kleinen Löffel nochmals ein bißchen Öl darübergeben. Ein willkommener Appetitanreger zum Apéritif.

Achtung, nicht nachkochen!

Die folgenden antiken Rezepte sind nicht zum Nachkochen vorgesehen, da sie den heutigen Vorstellungen von Kochkunst nicht mehr entsprechen. Was sie aber um so besser können, ist, den Umgang mit der Erdfrucht in teils verwunderlicher Art aufzuzeigen. Enthalten die Rezepte eine Idee, die eines Kommentars bedarf, erfolgt jeweils eine Bemerkung nach dem Rezept.

Aus »Das neueste, wohl-eingerichtete Kochbuch« von Coccejo, Franckfurt und Leipzig 1739:

Tartuffeln in Fleisch-Brüh

Tartuffeln ist eine Art Erd Aepfel, sind aber nicht so groß, haben einen viel besseren Geschmack und dichteres Fleisch. Sie werden viel an Potagen gebraucht. Man richtet sie auf folgende Art zu; Wenn sie gesaubert und gekocht, thut man daran Fleischbrühe, Butter, Muscatenblumen, Pfeffer und gerieben weiß Brod.

Bemerkung:
Potagen = Suppen
Muscatenblumen = Muskatnuß

Aus »Allerneuestes Kochbuch für Fleisch- und Fasttäge« von Maria Anna Bußwald, Grätz 1804:

Den Otter gut zu kochen

Zerhacke den Otter in Stücken, wasche ihn rein, und lege ihn eingesalzen in eine Pfanne, gieß Wein und Essig daran. Lorbeerblätter und Rosmarin dazu, und laß ihn solange sieden, bis er weich wird. Mache hernach eine schön gelbe Einbrenn, gieß ein Erbsenwasser daran, säure es mit Essig und Limoniesaft, gib Capri, Butter, Limonieschalen und Milchrahm dazu; nimm Dartoffeln, sind sie in Mehl, so schneide sie nur so darein, sind es aber andere, so dünste sie, und lege sie dazu; thue den Otter, wenn er zuvor in Wein und Essig gesotten ist, in die Suppe, und laß ihn sieden; zuletzt lege Limonieblätl darauf.

Bemerkung:
Limonien = Lemonen
Capri = Kapern
Dartoffeln = Trüffeln
Limonieblätl = Lemonenscheiben

Aus »Der elegante Gaumen« von Anton Hüppmann, Pest 1834:

Kalbsaugen mit Ragout von Trüffeln

Thu die Kalbsaugen, wie das Gekrös absieben, aber nicht gar zu lind, hernach thu sie heraus, und thu das schwarze davon, thu hernach ein klein wenig seinen Fasch hinein, und ein wenig Triffel, thu die Augen in eine kurze Bräs mit ein wenig Wein, und laß sie auf einem stäten Feuer noch ein wenig kochen, ist es Zeit zu serviren, nimm die Augen herauf auf eine Serviette, daß die Fetten gut davon geht, gib nach diesem eine klare Sauce auf die Schüssel, thu die Augen ein wenig glasiren, schön in die Sauce rangiren, und zur Tafel serviren.

Bemerkung:
Fasch = Gehacktes
Faschiertes Bräs = reduzierte Brühe aus Fleisch, Knochen, Gemüse, Wein und evtl. Essig

Kommentar:
Die Kalbsaugen, durch Kalbszunge, Kalbsohren oder einem Kasseler ersetzt, könnten die Gäste angenehm überraschen.

Aus meiner Trüffelküche

Es gibt einige sehr schöne spezielle Bildbände und Kochbücher über die Trüffel. Nicht alle Rezepte sind einfach nachzukochen, und so bleibt es oft nur beim Anschauen. Auch in den Kochbüchern unserer Starköche finden sich hin und wieder Rezepte mit Trüffeln, oftmals wird auch die Verwendung von Trüffelöl empfohlen. Abgesehen von der vielfach chemischen Herstellung der Aromen, die bereits erläutert wurde, verwischt und überdeckt es die feinen Geschmacksmerkmale verschiedener Trüffelarten. Es würde schließlich auch kaum ein ambitionierter und ehrenhafter Koch seine mit liebevoll abgestimmten Zutaten bereitete Consommé mit Maggiwürze »verfeinern«.

Dick auftragen

Die weiße, sehr teure Herrentrüffel duftet bekanntlich viel intensiver als die verschiedenen schwarzen Trüffelarten. Sie wird nur in dünnsten Scheiben über Speisen gehobelt, vom Riechorgan sehr wohl, von den Kauwerkzeugen gar nicht wahrgenommen. Den vollen Genuß von schwarzen Trüffeln bringt freilich erst der »Biß«, der eine wichtige und erlebnisreiche Rolle spielt und dickere Scheiben fordert.

Ich koche mit schwarzen Trüffeln sehr gernc, zudem es sie fast das ganze Jahr gibt und auch Normalverdienern göttlichen Hochgenuß ermöglicht.

Farbtupfer auf dem Speisezettel

Die folgenden *Regulae* sind zugegebenermaßen nicht alle auf meinem eigenen Trüffelboden gewachsen. Einige Anregungen habe ich alten und neuen Rezepten entnommen und auf meine kulinarischen Vorstellungen und Möglichkeiten hingetrimmt. Sie wurden alle x-mal von mir zubereitet, vervollkommnet und zusammen mit verständnisvollen und freudfähigen Freunden verspeist. Die Rezepte eignen sich als Vorspeisen, Zwischenspeisen, manche auch als Hauptspeisen. Gerichte mit Trüffeln wollen und sollten eher einzelne Farbtupfer auf dem Speisezettel sein. Auch wenn ich an dieser Stelle ohne Reue zugebe, einmal eine wahrhafte Trüffelorgie veranstaltet zu haben. Als Attila die Rekordtrüffel von 532 Gramm fand, habe ich sofort für den Abend zwei Handvoll Freunde und Nachbarn eingeladen. Bei einem Abendessen mit fünf Gängen haben wir die Trüffel dann restlos aufgegessen.

Für Personen, die normale Mengen verspeisen

Die Mengenangaben in jeder *Regula* sind für vier Personen gedacht, die normale Mengen verspeisen. Sie können jederzeit in Relation den eigenen mengenmäßigen Bedürfnissen angepaßt werden. Eine Kücheneinrichtung mit den üblichen Geräten und Werkzeugen wie Backofen, Messer, Gabeln, Handbürstchen, kleinen und größeren Töpfen, Kochlöffeln etc. setze ich voraus. Ein gewisse Erfahrung im Kochen ist nicht von Nachteil, auch wenn die Beschreibungen einfach und übersichtlich sind. Die *Regulae* lassen auch künstlerische Freiheiten zu, ja, ich fordere geradezu dazu auf, eigene Ideen einfließen zu lassen und unverhohlen seinen Gelüsten nachzugeben.

Angenehme Rundungen reiben und Knoblauch nach Belieben

Oft sind kleine Mengen Knoblauch angeführt, die bei Nichtgefallen gut weggelassen werden können. Verständlicherweise kommen in jedem Rezept Trüffeln vor. Oft werden sie gerieben, oft gehobelt, manchmal auch beides. Wenn, wie jeweils angegeben, »die Rundungen« der Trüffel irgendwo hineingerieben werden, nehmen wir die Trüffel in die Hand und beginnen an einer Seite eine Rundung abzureiben, dann an der anderen Seite. Dadurch gelangen Teilchen der schwarzen Schale, aber auch des Fruchtkörpers in die Sauce oder auf ein Gericht, was sehr schön aussieht, krokanten Biß und den »inneren« Trüffelgeschmack gibt. Das Mittelstück sieht dann aus wie eine dicke Scheibe, aus der mit dem Hobel schöne, große Scheiben zu schneiden sind. Wenn nicht anders angegeben, soll nach dem Abreiben der Rundungen die restliche Trüffel noch ungefähr das halbe Gewicht der ehemals ganzen Trüffel haben.

Das Risiko, Trüffeln zu kaufen

Von den angebotenen Trüffelkonserven sind die Trüffelcrèmes als Brotaufstrich oder für eine Nudelsauce recht gut verwendbar. Die meisten Crèmes sind mit Champignons gestreckt und oft mit künstlichen Aromen angereichert. Frische Trüffeln gibt es in Feinkostgeschäften, wenn auch teuer, zu kaufen. Günstiger finden wir sie mittlerweile auf den Wochenmärkten und natürlich auf dem Münchener Viktualienmarkt. Ist das Gefühl beim Trüffelkauf schlecht, dann Finger weg. Hat eine weiße Herrentrüffel gar keinen Geruch und ist vielleicht schon etwas weich, sofort den Speiseplan ändern. Hat eine schwarze Trüffel keinen oder gar einen strengen Geruch, das Menü auf Steinpilze oder

Egerlinge umstellen, einen anderen Händler aufsuchen oder den Kauf auf einen anderen Tag oder Monat verlegen. Dabei ist es von großem Vorteil, die Erntezeiten der verschiedenen Trüffelarten zu beachten.

Durch meine Erfahrung habe ich gelernt, Freunde erst zu einem Trüffelmahl zu bitten, wenn ich auf der Trüffelsuche erfolgreich war. Habe ich schöne Trüffeln gefunden, lade ich spontan unsere Gäste ein. Es ist immer wieder erstaunlich – aber alle haben immer Zeit. So empfehle ich: auf den Markt gehen, kritisch einkaufen, sich über seinen schönen »Trüffelfund« freuen und erst dann die Gäste einladen. Das bringt ein gutes Maß Jagdfieber und Freude an der Beute an den gastfreundlichen Tisch.

Sie haben die Wahl:

Trüffelbutter

Walnußsüppchen mit weißer Trüffel

Ländliche Kartoffelsuppe mit schwarzer Trüffel

Schneckensuppe mit Trüffeln

Ländliche Polenta mit Trüffeln

Kartoffeln mit schwarzer Sommertrüffel

Eiernudeln mit schwarzen Trüffeln

Getrüffelte Krabbenlasagne

Fischsalat mit Trüffeln und Parmesankäse

Spießchen von getrüffelten Fischröllchen

Fisch mit Trüffelkruste

Getrüffeltes Kalbfleisch à la tatare

Vitello tartufato

Schwarzgetrüffelter Kapaun

Gorgonzola mit Portweintrüffeln

Vanilleeis mit Trüffeln

Trüffelbutter

Das brauchen wir:
250 Gramm beste Butter, eine Sommertrüffel von 50 Gramm, eine Messerspitze zerdrückter Knoblauch, eine Messerspitze Curry, Salz, ein Teelöffel konzentriert eingekochte Rinderbrühe (oder, wenn niemand zuschaut, ½ gestrichener Teelöffel Instantbrühe), schwarzer Pfeffer, einige Tropfen Anislikör (Meletti oder Sambuca).

Werkzeuge, Geräte, Geschirr:
Eine Rührschüssel, ein Pfännchen, eine Reibe und kleine Gläser mit Deckel.

Und nun geht's los:
Wir verrühren die weiche Butter. Dann reiben wir die geputzte Sommertrüffel mit der Reibe hinein. In dem Pfännchen lassen wir etwas Butter zergehen und den Knoblauch darin glasig werden. Gleichmäßig mit etwas Salz, schwarzem Pfeffer, Brühe, Curry und den paar Tropfen Anislikör verrühren. Wir füllen die Masse in kleine Gläschen mit Schraubdeckel und stellen sie in den Tiefkühlschrank.

Nota bene:
Trüffelbutter zu machen bedeutet nicht nur, Trüffeln auf gute Art zu konservieren. Eingefroren hält die Butter lange und kann immer bei Bedarf verwendet werden. Ob für Nudeln, Gnocchi oder Kartoffeln, ob für Weißbrot (Bruschetta), gegrilltes Fleisch oder gegrillten Fisch – sie ist jederzeit für schnelle kulinarische Einsätze zu gebrauchen.

Walnußsüppchen mit weißer Trüffel

Das brauchen wir:
5 Walnüsse, eine weiße Trüffel von 10 bis 15 Gramm,
eine Tasse leichte Hühnerbrühe, eine Espressotasse süßer Wein
(Vin Santo, Trockenbeerenauslese, Vino da uve passite, süßer Sherry),
eine halbe Espressotasse Rahm, einen Eßlöffel Crème fraîche,
eine Messerspitze Curry, Salz, weißer Pfeffer.

Werkzeuge, Geräte, Geschirr:
Ein kleiner Kochtopf, ein Mörser, eine Reibe, ein Trüffelhobel und vier vorgewärmte Espressotassen.

Und nun geht's los:
Wir nehmen die Walnüsse aus der Schale, zerkleinern sie in einem Mörser oder in einem Mixer. In dem Kochtopf verrühren wir bei kleiner Hitze mit einem kleinen Schneebesen zusammen mit den Nüssen die Brühe, den Wein, den Rahm, die Crème fraîche und die Messerspitze Curry. Wir schmecken mit Salz und weißem Pfeffer ab und reiben die Rundungen der weißen Trüffel in die Suppe.

Und dann …
bringen wir das Süppchen in den vorgewärmten Espressotassen sofort zu Tisch und hobeln ganz fein die restliche Herrentrüffel darauf. Mit kleinen Löffeln oder schlürfend genießen.
Dazu empfiehlt sich ein kühles Gläschen des verwendeten süßen Weines.

Ländliche Kartoffelsuppe mit schwarzer Trüffel

Das brauchen wir:
2 mittelgroße Kartoffeln, eine Sommertrüffel von 30 bis 50 Gramm,
3/4 Liter Fleisch- oder Gemüsebrühe, 3 gute Eßlöffel Crème fraîche,
1/2 Teelöffel Oregano oder Majoran getrocknet,
1/2 Teelöffel Rosmarin getrocknet, Butter, etwas Knoblauch, Salz,
schwarzer Pfeffer, Zucker, 1/2 Tasse dunkles Bier.

Werkzeuge, Geräte, Geschirr:
Ein mittelgroßer Kochtopf, eine Reibe, ein Trüffelhobel, eine vorgewärmte Suppenterrine oder vier vorgewärmte Suppenteller.

Und nun geht's los:
Wir kochen die Kartoffeln in Salzwasser gut gar und schütten das Kochwasser weg. Wir lassen ein Stückchen Butter zerschleichen und ein wenig Knoblauch glasig werden. Dann legen wir die Kartoffeln in den Kochtopf und zerstampfen sie grob, geben bei mittlerer Hitze die Brühe, die Crème fraîche, den Oregano oder den Majoran, den Rosmarin und ein Prise Zucker dazu, reiben die Rundungen der Trüffel hinein, gut schwarzen Pfeffer dazu und schmecken mit Salz ab. Kurz vor dem Servieren rühren wir das dunkle Bier hinein, wobei die Suppe keinesfalls mehr aufkochen darf.

Und dann …
bringen wir die Suppe in der vorgewärmten Terrine oder in den Tellern auf den Tisch und hobeln noch fein die restliche Trüffel darüber.

Das gleiche dunkle Bier ist ein guter Begleiter der Suppe.

Schneckensuppe mit Trüffeln

Das brauchen wir:
1 kleine Dose Weinbergschnecken, eine Sommertrüffel von ca. 40 Gramm, 1 mittelgroße Kartoffel, ½ Liter Fleisch- oder Gemüsebrühe, 1 Eßlöffel Crème fraîche, 1 Espressotasse Rahm, 1 Espressotasse Weißwein, 1 Teelöffel Sojasauce, Salz, schwarzer Pfeffer.

Werkzeuge, Geräte, Geschirr:
Ein mittelgroßer Kochtopf, ein Schneidebrett, ein Wiegemesser, eine Reibe, ein Trüffelhobel und vier vorgewärmte Suppenteller.

Und nun geht's los:
Wir kochen die geschälte Kartoffel gut gar. In der Zwischenzeit nehmen wir die Schnecken aus der Dose und wiegen sie mit dem Wiegemesser in kleine Stücke. Nun schütten wir das Kochwasser ab und zerdrücken die Kartoffel mit einer Presse oder treiben sie durch ein Sieb. Zusammen mit dem Kartoffelbrei verrühren wir bei kleiner Hitze die Schnecken, die Brühe, den Rahm, den Weißwein, die Sojasauce, reiben mit der Reibe die Rundungen der Trüffel hinein und

schmecken die Suppe mit Salz und gut schwarzem Pfeffer ab. Wenn die Suppe zu dick ist, rühren wir noch etwas Brühe dazu.

Und dann …
geben wir die Suppe in die vorgewärmten Suppenteller und hobeln am Tisch fein die restliche Trüffel darüber.

Ein trockener junger Weißwein sollte der Begleiter sein.

Ländliche Polenta mit Trüffeln

Das brauchen wir:
150 Gramm Maismehl, ca. ½ Liter Wasser (siehe Kochvorschrift auf der Packung), 4 kleine Schweinsbratwürste oder 8 Nürnberger Rostbratwürste, eine Sommertrüffel von 30–40 Gramm, 5 Eßlöffel kräftige Brühe, Olivenöl, Salz, schwarzer Pfeffer, Parmesankäse.

Werkzeuge, Geräte, Geschirr:
Ein großer Kochtopf, eine kleine Kasserolle, ein großes Holzbrett, vier große Holz- oder vorgewärmte große Porzellanteller, eine Reibe und ein Trüffelhobel.

Und nun geht's los:
Wir rühren das Maismehl mit einem Kochlöffel nach und nach in das kochende Wasser, geben etwas Salz dazu und lassen die Polenta zunächst bei mittlerer, dann bei kleiner Hitze an die 40 Minuten kochen, wobei wir immer wieder umrühren. Währenddessen nehmen wir den Inhalt der Schweinswürste aus der Haut und lassen ihn in der kleinen Kasserolle mit zwei Eßlöffel Olivenöl und der Brühe warm werden, reiben die Rundungen der Trüffel dazu und schmecken mit Salz und Pfeffer ab.

Sobald die Polenta fertig ist, gießen wir sie auf das Holzbrett oder auf die Teller, bis sie eineinhalb Zentimeter dick darauf liegt. Wir verteilen die Wurstfarce auf die Polenta, reiben Parmesankäse und hobeln die restliche Trüffel mit dem Hobel darüber, pfeffern und träufeln das übrige Olivenöl darauf.

Und dann …
bringen wir das Brett oder die Teller auf den Tisch, und jeder Gast beginnt, mit seiner Gabel von außen nach innen zu essen.

Ein leichter junger Roter begleitet diese kommunikative und rasch sättigende traditionelle Speise; ein Magenbitter unterstützt wohltuend den Appetit auf einen womöglich folgenden nächsten Gang.

Kartoffeln mit schwarzer Sommertrüffel

Das brauchen wir:
2 große Kartoffeln, 1 hühnereigroße schwarze, saubere Sommertrüffel oder mehrere kleine (gesamt ca. 40 Gramm), eine Tasse Rahm, 2 Eßlöffel Crème fraîche, 3 Eßlöffel kräftige Brühe, 1 walnußgroßes Stück Butter, Knoblauch, eine Prise Zucker, Salz, schwarzer Pfeffer, Fleur de Sel oder grobes Meersalz, Olivenöl.

Werkzeuge, Geräte, Geschirr:
Ein Kochtopf, ein Dampfkocher oder eine Alufolie, ein Reibeisen, ein Trüffelhobel und eine kleine Kasserolle.

Und nun geht's los:
Wir garen die großen Kartoffeln in Salzwasser im Dampfkochtopf nach Vorschrift oder in Alufolie (50 Minuten bei 200 °C). In der Zwischenzeit lassen wir in der Kasserolle ein bißchen Knoblauch in der zerlassenen Butter glasig werden,

geben den Rahm, die Crème fraîche und die Brühe dazu und lassen die Sauce 10 Minuten bei mittlerer Hitze etwas einkochen. Wir reiben von unserer/unseren sauber gebürsteten Trüffel/n mit dem Reibeisen die Rundungen oben und unten in die Sauce, die wir dann mit Salz und Pfeffer abschmecken.

Nun schneiden wir bei den garen Kartoffeln, ähnlich wie bei der/den Trüffel/n, die länglichen oberen und unteren Rundungen ab und teilen die übriggebliebene dicke Scheibe in jeweils zwei Scheiben, die gut fingerdick sein sollen. Diese legen wir auf vorgewärmte flache Teller, verteilen die Sauce auf die Oberflächen der Kartoffeln, hobeln die restlichen Trüffel/n darauf, träufeln noch unser gutes Olivenöl darauf, streuen etwas Fleur de Sel oder mahlen mit der Salzmühle ein wenig grobes Meersalz darüber und mit der Pfeffermühle groben schwarzen Pfeffer.

Und dann …
Diese wunderbare Vorspeise serviere ich am liebsten zusammen mit dem hervorragenden Rosa di Montacuto, dem kräftigen, duftigen Rosé meines Freundes Alessandro Moroder. Sehr gut gekühlt – es müssen die Gläser anlaufen.

Eiernudeln mit schwarzen Trüffeln

Das brauchen wir:
400 Gramm Eiernudeln, Tagliatelle, Tagliolini oder ähnliche, 60 Gramm Butter, Knoblauch, eine Sommertrüffel von 50 bis 100 Gramm oder mehrere kleine Exemplare, eine halbe Tasse kräftige Fleischbrühe, Salz, schwarzer Pfeffer, Parmesankäse.

Werkzeuge, Geräte, Geschirr:
Ein großer Kochtopf, eine kleine Kasserolle, ein Reibeisen, eine große Porzellanplatte oder Auflaufform und ein Trüffelhobel.

Und nun geht's los:
Wir kochen die Eiernudeln keinesfalls länger als vorgeschrieben, eher eine Minute kürzer. Die Butter lassen wir bei nicht zu großer Hitze in der Kasserolle zerschleichen und geben nach Belieben, aber auch nicht zuviel Knoblauch dazu. Wir nehmen die sauber geputzte Trüffel zur Hand und reiben auf zwei Seiten die Rundungen der Trüffel mit dem Reibeisen in die Butter hinein, bis die Trüffel nur noch eine Scheibe ist, ungefähr halb so dick, wie ursprünglich die gesamte Trüffel war. Dann rühren wir die Brühe dazu und würzen mit Salz und schwarzem Pfeffer. Nachdem die Nudeln kräftig mit kaltem Wasser abgesprudelt wurden, geben wir die zubereitete Sauce in den großen Topf und dann die Nudeln dazu. Wir lassen sie bei kleiner Hitze in der Sauce ziehen, die nahezu von den Nudeln aufgesogen wird, und rühren mehrfach um.

Und dann …
servieren wir sie auf einer großen vorgewärmten Porzellanplatte oder in einer Auflaufform und hobeln die übrige Trüffelscheibe mit einem Trüffelhobel in nicht zu feinen Scheiben über die Nudeln. Es sollte niemanden stören, über dieses kräftig schmeckende Gericht Parmesankäse zu reiben.

Ein kräftiger, kühler Verdicchio ist empfehlenswert, wenn dieses Gericht als Vorspeise genommen wird, sonst ist ein junger Rotwein vorzuziehen.

Getrüffelte Krabbenlasagne

Das brauchen wir:
200 Gramm Krabben, 9 oder 12 Lasagneblätter (für drei Lagen), 1 Mozzarella, 1 Sommertrüffel von 40 Gramm.
Sauce Béchamel: 20 Gramm Butter, etwas Knoblauch, 20 Gramm Mehl, 1 Tasse Brühe, 1 Tasse Rahm, 1 Tasse Milch, 1 gehäufter Eßlöffel geriebener Parmesankäse, Salz, weißer Pfeffer.

Werkzeuge, Geräte, Geschirr:
Ein mittelgroßer Kochtopf, eine ebensolche viereckige Keramikform, eine mittelgroße Kasserolle, eine Reibe und ein Trüffelhobel.

Und nun geht's los:
Wir kochen die Lasagneblätter nach Vorschrift. In der Zwischenzeit bereiten wir die Sauce Béchamel zu, indem wir in der Kasserolle bei mittlerer Hitze Butter zer-

lassen, etwas Knoblauch zugeben und mit einem Schneebesen das Mehl unterrühren. Wenn die Masse fest und bröckelig wird, geben wir die Brühe, die Milch und den Rahm dazu und rühren sie glatt. Ist sie noch zu fest, rühren wir noch etwas Milch ein, bis wir eine schwer vom Schneebesen tropfende Crème haben. Wir reiben nun die Rundungen der Trüffel mit einer Reibe in die Crème, mischen den Parmesankäse hinein und schmecken mit Salz und weißem Pfeffer ab.

Wir geben in die Form ein paar Löffel der Sauce und verteilen sie gut. Nun legen wir den Boden mit Lasagneblättern aus, verteilen die Krabben darauf, geben mehrere Löffel der Sauce darüber und legen eine weitere Lage der Lasagne darüber. Wir schneiden den Mozzarella in drei bis vier Millimeter dicke Scheiben, legen sie auf die Lasagne und geben wieder einige Löffel der Sauce darüber. Nun kommt die letzte Lasagnelage, über die wir die restliche Sauce verteilen, die möglichst noch seitlich in die Form laufen soll.

Im vorgeheizten Backofen backen wir die getrüffelte Lasagne bei 200 °C bzw. bei 180 °C Heißluft ungefähr 20 Minuten. Sie soll oben etwas goldgelb sein, dann ist sie fertig, und wir nehmen sie aus dem Ofen.

Und dann …
hobeln wir mit dem Trüffelhobel die restliche Trüffel, schneiden die Lasagne in acht Teile und servieren sie nacheinander in zwei Portionen auf den vorgewärmten Tellern. Wer es gerne hat, kann noch etwas geriebenen Parmesankäse darüberstreuen.

Ein junger Rotwein, aber auch ein kühles Bier können eine freudige Ergänzung sein.

Fischsalat mit Trüffeln und Parmesankäse

Das brauchen wir:
200 Gramm grätenfreies Fischfilet, das beim Kochen nicht zerfällt, eine Sommertrüffel von 40 Gramm, je eine gute Handvoll Rucola und Radicchio, bestes Olivenöl, Parmesankäse, Salz und schwarzer Pfeffer.

Werkzeuge, Geräte, Geschirr:
Ein kleiner Kochtopf, ein Schneidebrett, ein Trüffelhobel und vier flache Teller.

Und nun geht's los:
Wir kochen das Fischfilet in Salzwasser und schneiden es dann in die Größe von Zuckerwürfeln. Auf die Teller geben wir etwas Olivenöl, Salz und Pfeffer und legen den Rucola und den Radicchio, die wir in kleine Stücke gerissen und vermischt haben, darauf. Nachdem wir den Fisch auf dem Salat verteilt haben, hobeln wir den Parmesankäse in dünnen Flocken und die Trüffel in nicht zu dünnen Scheiben darüber, träufeln gut Olivenöl darauf und etwas Salz und Pfeffer.

Und dann …
servieren wir den Salat mit geröstetem Weißbrot oder Vollkornbrot, auf das wir etwas Olivenöl geträufelt haben. Wer sich Salat ohne Essig nicht vorstellen kann, gibt ein paar Tropfen davon dazu.

Ein trockener, kühler Weißwein ist dazu empfehlenswert.

Spießchen von getrüffelten Fischröllchen

Das brauchen wir:
Ein Filet von 300 Gramm vom Viktoriabarsch oder einem ähnlichen Fisch, dessen Fleisch sich gut zu dünnen Scheiben schneiden läßt und beim Garen nicht zerfällt, 10 schwarze entkernte Oliven, eine Sommertrüffel von 30 bis 40 Gramm oder mehrere kleinere Exemplare, aber auch Trüffelpaté aus dem Glas, 1/2 Teelöffel Tomatenmark, Olivenöl, Knoblauch, Zucker, Semmelbröseln, Butter, 2 Eßlöffel Brühe, Salz, schwarzer Pfeffer.

Werkzeuge, Geräte, Geschirr:
Ein Schneidebrett, ein Wiegemesser, ein Reibeisen, eine kleine Rührschüssel, 8 mittelgroße Holzspießchen, eine große Bratpfanne, eine kleine Kasserolle und vier große, flache und vorgewärmte Teller.

Und nun geht's los:
Wir haben das Filet bereits auf Grätenfreiheit überprüft und schneiden es, je nach Dicke, quer in zwei, drei oder vier dünnere Scheiben. Aus diesen Scheiben schneiden wir drei bis vier Zentimeter breite und acht bis zehn Zentimeter lange Streifen, aus denen wir später die Röllchen bereiten.

Wir hacken mit dem Wiegemesser die Oliven fein. In der kleinen Kasserolle erwärmen wir zwei Eßlöffel Olivenöl und lassen etwas Knoblauch darin glasig werden. Wir nehmen die Hitze ganz weg und geben den halben Teelöffel Tomatenmark und die Oliven dazu, eine Prise Zucker, Salz und Pfeffer sowie einen halben Teelöffel Semmelbröseln. Nun reiben wir die Trüffel mit einem Reibeisen dazu (heben uns aber ein wenig davon auf oder geben von der Paté dazu) und schmecken die Farce ab.

Vor uns liegen nebeneinander die zugeschnittenen Fischscheiben, die wir leicht beidseitig salzen und auf die wir die Farce streichen. Dann rollen wir sie zu kleinen Röllchen, die wir abzählen und gleichmäßig auf die Spieße stecken.

Mit der Faust drücken wir die Röllchen etwas breit und in Semmelbröseln hinein, die wir auf einen flachen Teller gestreut haben.

In der Bratpfanne lassen wir zwei walnußgroße Stück Butter mit ganz wenig Knoblauch nicht zu heiß werden. Wir legen die Spieße hinein, bis sie auf beiden Seiten eine schöne goldbraune Farbe bekommen haben, dann nehmen wir die Hitze weg, geben die zwei Eßlöffel Brühe dazu, um das Bratfett zu verlängern, und reiben den Rest der beiseite gelegten Trüffel hinein.

Und dann …

nehmen wir die Spieße aus der Pfanne und legen sie, immer zwei, auf die großen vorgewärmten Teller. Wir halten mit einer Gabel jeweils die Röllchen fest, nehmen die Holzspieße zwischen Daumen und Zeigefinger und ziehen sie seitlich heraus. Nun liegen die Röllchen von zwei Spießen nebeneinander auf jedem Teller, teilweise aneinandergebunden, und sehen aus wie zwei Filets, auf die wir das Bratfett mit den geriebenen Trüffeln träufeln und sofort zu Tisch bringen. Dazu reichen wir frisches Weißbrot.

Ein kräftiger Weißwein oder sehr junger Rotwein macht sich gut dazu.

Fisch mit Trüffelkruste

Das brauchen wir:
400 bis 500 Gramm Goldbarsch oder Viktoriabarsch (ein oder zwei Filets), eine Sommertrüffel von 50 Gramm oder mehrere kleinere Exemplare, 1 gestrichener Eßlöffel Tomatenmark, 5 Eßlöffel kräftige Brühe, je eine Espressotasse mit geriebenem Parmesankäse und Semmelbröseln, 5 Eßlöffel Olivenöl, Knoblauch, Salz, schwarzer Pfeffer.

Werkzeuge, Geräte, Geschirr:
Eine mittelgroße Keramikform, eine kleine Rührschüssel, ein Schneidebrett, ein Wiegemesser und eine flache Porzellanplatte.

Und nun geht's los:
Wir salzen den grätenfreien Fisch leicht und legen ihn in die Keramikform, in die wir vorher etwas Olivenöl und Salz und Pfeffer gegeben haben. Nun bereiten wir in der Rührschüssel eine Masse, mit welcher der Fisch überbacken werden soll. Wir vermengen die Semmelbröseln, den Parmesankäse, das Olivenöl, ein wenig zerdrückten Knoblauch, die Brühe und das Tomatenmark zu einem dicken Brei. Die Trüffel schneiden wir mit einem scharfen Messer in zwei Millimeter dicke Scheiben, wiegen sie dann mit dem Wiegemesser klein und rühren sie unter den Brei, den wir mit Salz und Pfeffer abschmecken. Ist er zu dick, geben wir noch etwas Olivenöl oder Brühe dazu. Wir streichen ihn gleichmäßig auf den Fisch und backen ihn bei 220 °C respektive bei 200 °C Heißluft im Backofen, bis die

Oberfläche goldbraun geworden ist. Nun träufeln wir etwas Olivenöl darauf und streuen gleichmäßig Semmelbröseln darüber, die das Öl aufsaugen und dadurch schön knusprig werden. Nach weiteren fünf Minuten im Ofen ist der Fisch fertig.

Und dann …
kann der Fisch, wenn er in einer Keramikform ist, darin auf den Tisch gebracht werden, nachdem wir ihn mit einem Heber in einigermaßen gleichmäßige Teile gestochen haben. Sonst richten wir ihn auf der vorgewärmten Porzellanplatte an.

Dazu geben wir einen kräftigen Weißwein, einen Rosé oder einen jungen, leichten Roten.

Getrüffeltes Kalbfleisch à la tatare

Das brauchen wir:
400 Gramm durchgedrehtes Kalbsfilet, 1 Sommertrüffel von 50 Gramm oder 1 Herrentrüffel von 20 Gramm, Olivenöl, Salz, schwarzer Pfeffer, weißer Pfeffer.

Werkzeuge, Geräte, Geschirr:
Eine mittelgroße Rührschüssel und eine ebensolche Porzellanplatte, etwas Klarsichtfolie, eine Reibe und ein Trüffelhobel.

Und nun geht's los:
Wir reiben die Rundungen der Trüffel in die Rührschüssel mit dem Fleisch, verrühren dieses mit einer Mokkatasse Olivenöl und schmecken mit Salz und gut Pfeffer ab (bei der Sommertrüffel empfehle ich schwarzen Pfeffer, bei der Herrentrüffel weißen Pfeffer). Die Masse verteilen wir nun gleichmäßig dick auf der Porzellanplatte, streichen sie glatt und hobeln das Mittelstück der Trüffel (bei der Sommertrüffel nicht so dünn, bei der Herrentrüffel sehr dünn) gleichmäßig verteilt darüber, träufeln noch etwas Olivenöl darauf und salzen und pfeffern (wie oben) nochmals. Mit einer Folie abgedeckt, lassen wir das Fleisch im Kühlschrank ziehen.

Und dann …
Ein halbe Stunde vor dem Servieren nehmen wir die Platte aus dem Kühlschrank – damit sich das Aroma durch die Erwärmung gut entwickeln kann –, entfernen

die Folie und servieren das Gericht. Dazu reichen wir frische, vielleicht sogar leicht gewärmte Weißbrotscheiben, auf die sich die Gäste mit einer Gabel das Fleisch legen können. Dieses Von-einer-Platte-Essen ist sozialkulinarisch sehr wertvoll und als Vorspeise für ein ländliches Mahl besonders gut geeignet.

Dazu bieten wir einen leichten, gut gekühlten Weißwein.

Vitello tartufato

Das brauchen wir:
300 Gramm Kalbslende, eine Sommertrüffel von 30 bis 50 Gramm oder mehrere kleine Exemplare, 75 Gramm Mayonnaise, 2 große Eßlöffel Crème fraîche, 2 Eßlöffel kräftige Brühe, Zucker, Salz, schwarzer Pfeffer.

Werkzeuge, Geräte, Geschirr:
Ein mittelgroßer Kochtopf, ein Schneidebrett, ein Reibeisen, evtl. ein Trüffelhobel und eine große, flache Porzellanplatte.

Und nun geht's los:
Wir bringen zwei Liter Wasser im mittelgroßen Kochtopf zum Kochen und streuen Salz hinein. Das von Fett und Flachsen befreite Stück Fleisch legen wir in das Wasser, gehen sofort auf kleine Hitze und lassen es an die vierzig Minuten mehr ziehen als kochen. Danach nehmen wir das Fleisch heraus und schneiden es mit einem scharfen Messer oder, wenn vorhanden, mit einer Schneidemaschine in

nicht zu dünne Scheiben, die wir bis zum Anrichten auf einem Teller aufeinandergelegt lassen.

Während dieser Zeit bereiten wir eine Sauce aus selbstgerührter (besser) oder fertiger Mayonnaise, der Crème fraîche und der Brühe, geben eine Prise Zucker dazu, reiben die Rundungen der schwarzen Trüffel mit einem Reibeisen unter die Sauce und schmecken sie mit Salz und gut schwarzem Pfeffer ab. Aus dem Mittelstück der Trüffel schneiden wir Scheiben von drei, vier Millimetern Dicke und aus diesen ebensolche Würfel.

Und dann …

legen wir einige Eßlöffel der Sauce auf die Porzellanplatte und verteilen sie gleichmäßig. Darauf richten wir die Kalbfleischscheiben im Schuppenmuster an, bedecken sie mit der restlichen Sauce vollständig und streuen die Trüffelwürfel darüber.

Wenn diese Vorspeise nicht sofort verwendet wird, mit Klarsichtfolie abdecken und in den Kühlschrank stellen.

Wir reichen Weißbrot dazu und servieren einen fruchtigen Weißwein oder einen Rosé dazu.

Nota bene:

Wenn wir statt der schwarzen Trüffel die Herrentrüffel verwenden wollen, reiben wir in die Sauce nur ein wenig davon hinein, streuen keine Würfel über die Speise, sondern hobeln mit dem Trüffelhobel feine Scheiben darüber. Dann reicht uns auch eine Trüffel von 10 bis 15 Gramm aus.

Schwarzgetrüffelter Kapaun – Traumgericht von Kardinälen und Trüffelsuchern

Das brauchen wir:
1 bratfertiger kleiner Kapaun (kastrierter Gockel) oder 1 Jungmasthahn von ca. zwei Kilogramm, 300 Gramm Sommertrüffeln, 3 Knoblauchzehen, 2 scharfe Peperoncini oder Chilischoten, etwas zerlassene Butter, 1/2 Tasse Brühe, Salz, schwarzer Pfeffer.

Werkzeuge, Geräte, Geschirr:
Eine große Auflaufform, eine kleine Porzellanplatte (vorgewärmt), eine mittelgroße Porzellanplatte (vorgewärmt) und eine Geflügelschere.

Und nun geht's los:
Wir nehmen den Kapaun, salzen und pfeffern ihn innen und außen gut und füllen ihn mit den sauber und unter laufendem Wasser gebürsteten Trüffeln, den Knoblauchzehen und den Peperoncini oder den Chilischoten. Damit die Füllung im Geflügel bleibt, nähen wir es mit zwei oder drei Stichen mit einem Küchengarn zu. Wir bestreichen das Geflügel mit zerlassener Butter und legen es in die Auflaufform, zunächst mit der Oberseite nach unten.

Wir stellen die Auflaufform in den gut vorgeheizten Backofen bei ca. 240 °C, bei Heißluft ca. 200 °C. Wenn die Haut goldbraun geworden ist, drehen wir das Geflügel mit der Oberseite nach oben. In die Auflaufform geben wir nun die Brühe, die wir nun, mit dem Bratenfett vermischt, von Zeit zu Zeit mit einem Eßlöffel über das Geflügel geben. Die Bratzeit beträgt gesamt 60 bis 80 Minuten.

Wenn sich die Keulen weich anstechen und wässeriger Fleischsaft herausläuft, ist der Garzustand optimal.

Und dann ...
nehmen wir die Auflaufform aus dem Backofen, teilen das Geflügel mit einer Geflügelschere zunächst in zwei Teile, nehmen die Füllung mit einem Eßlöffel vorsichtig heraus und legen sie auf die kleine vorgewärmte Porzellanplatte.

Dann teilen wir die beiden Hälften in mehrere Stücke und legen sie auf die andere Porzellanplatte. Ist der Bratensaft in der Auflaufform zu sehr eingekocht, lösen wir ihn mit etwas Wasser oder Brühe, schmecken ihn ab und gießen ihn über die Geflügelteile und bringen die Porzellanplatten auf den Tisch.

Als Beilage empfehlen sich Salzkartoffeln.

Ist weder ein Kapaun noch ein Masthahn zu erwerben, oder vielleicht keine oder zu wenig Trüffeln? Dann nicht den Mut verlieren, eine schöne Wachtel nehmen und die Mengenangaben in Relation setzen.

Dazu servieren wir einen kräftigen Rotwein und schenken bei der Variation »Wachtel« besonders gut ein.

Gorgonzola mit Portweintrüffeln

Das brauchen wir:
200 Gramm milder Gorgonzola mit Mascarpone, 1 Périgord-Trüffel von 15–20 Gramm, eine Espressotasse Portwein, 2 Eßlöffel kräftige Brühe, Zucker oder Ahornsirup, schwarzer Pfeffer.

Werkzeuge, Geräte, Geschirr:
Eine kleine Kasserolle, ein Schneidebrett, vier gut vorgewärmte kleine Schälchen oder Mokkatassen, vier Mokkalöffel und eine Reibe.

Und nun geht's los:
Wir reiben die Rundungen der Trüffel in die Kasserolle. Das Mittelteil der Trüffel schneiden wir in messerrückendicke Scheiben und sodann zu Würfeln, die wir mit dem Portwein und der Brühe in die Kasserolle geben. Mit gut schwarzem Pfeffer lassen wir die Sauce auf die Hälfte reduzieren und schmecken mit Zucker oder Ahornsirup ab, bis sie eine gewisse, dezente Süße hat.

Und dann …
geben wir je ein Löffelchen der Sauce in die vorgewärmten Schalen oder Tassen, legen ein Viertel des Gorgonzolas darauf und verteilen den Rest der Sauce darüber.

Zu diesem »Über-Gang« zwischen Hauptgang und Dessert servieren wir, wenn der letzte Wein ein roter war, diesen; besser den gekühlten Portwein.

Vanilleeis mit Trüffeln

Das brauchen wir:
Fertiges gutes Vanilleeis für vier Personen, 1 superfrische Sommertrüffel von 40 Gramm oder zwei von 20 Gramm, 1/4 Glas süßer Sherry oder weißer Portwein, 50 Gramm Vollmilchschokolade.

Werkzeuge, Geräte, Geschirr:
Ein Schneidebrett, ein Wiegemesser, eine kleine Kasserolle, vier Eisschalen, Eisbecher oder Sektschalen.

Und nun geht's los:
Wir lassen das fertige Vanilleeis etwas im Warmen stehen, damit es weich wird und wir es rühren können. Von der gebürsteten Trüffel schälen wir die schwarze Schale restlos ab und schneiden sie zunächst in 3–4 Millimeter dicke Scheiben. Die seitlichen runden Scheiben wiegen wir mit einem Wiegemesser klein. Die übrigen Scheiben schneiden wir in 3–4 Millimeter breite Stifte, die wir auf 2–3 Zentimeter Länge zuschneiden. Das Kleingewiegte rühren wir nun mit dem Sherry oder dem Portwein unter das Vanilleeis und stellen es wieder in die Tiefkühlung.

Wir lassen die Schokolade vorsichtig in der kleinen Kasserolle schmelzen und tauchen die Trüffel-Stifte mit den Enden hinein, was uns an dicke Streichhölzer erinnert. Die Stifte legen wir auf einen Teller und lassen die Schokolade abkühlen und fest werden.

Und dann …
nehmen wir das Eis aus der Tiefkühlung, legen die mit einem Eisportionierer geformten großen Kugeln in die Schalen, in Eisbecher oder Sektschalen und stecken die Stifte in die Kugeln, die dann wie Igel aussehen.

Das aparte an diesem Dessert ist der Biß in die Trüffelstücke, die an Walnüsse erinnern und deren Geschmack sich wunderbar mit der Vanille verbinden, wenn die Trüffel wirklich ganz frisch ist.

Und wer mag, gönnt seinen Gästen einen lyrischen Genuß:

Tartufo

Girello dalla terra ascosa,
Fraganza di donna in amore,
Mistero di connubi ipogei.

Oh Trüffel

Losgelöst von der verbergenden Erde,
Duft der verliebten Frau,
Geheimnis unterirdischer Bündnisse.

(anonym)

Von der Haltbarkeit und der Aufbewahrung von Trüffeln

Trüffeln sind am allerbesten, wenn sie ganz frisch aus dem Boden kommen. Sie bestehen im Schnitt zu 67 Prozent aus Wasser. Jeden Tag verlieren sie, je nach Trüffelart, bis zu sieben Prozent ihres Gewichtes – bei unsachgemäßer Lagerung kann es sogar auch noch mehr sein – und damit an Würze und Delikatesse.

Der Salzbüchsl-Tip: Nichts als Reis mit hohem Preis

Immer wieder lese ich von dem Vorschlag, Trüffeln in Reis zu transportieren und aufzubewahren. Dem Salz tut der Reis schließlich auch gut: Es bleibt trocken und stets streubar. Der hartnäckig und immer wieder kolportierte Reis-Trüffel-Tip trägt jedoch nicht etwa, wie kühn versprochen, dazu bei, den Geschmack zu erhalten, nein, der Reis entzieht seinem Nachbarn sogar das Aroma. Die Trüffeln verlieren zudem sehr schnell an Konsistenz. Einziger Trost: Aus dem Reis läßt sich ein wunderbarer *risotto* zubereiten, aber die armen Trüffeln werden zu Statisten degradiert.

Auch von der Aufbewahrung von Trüffeln in einem Marmeladenglas ist abzuraten: Es bildet sich bereits nach kurzer Zeit, auch bei Kühlung, Kondenswasser, und die Trüffeln werden schmierig.

Ich habe auch von dem Vorschlag gelesen, frische Trüffeln zu Eiern in einen verschlossenen Behälter zu legen. Dann würden die Eier den Trüffelduft aufnehmen und herrlich schmecken. Doch die Trüffel ist kein olfaktorisches Perpetuum mobile und hat um so weniger Aroma und Duft, je mehr ein anderer Geruchsträger an Duftintensität zunimmt.

All diese Geheimtips hören sich schön an, sind aber nicht sehr wirkungsvoll. Da hoble ich doch lieber »ungemolkene« Trüffeln über meine Spiegeleier.

Werden Trüffeln in Öl gelegt, verhält es sich genauso: Es entsteht trüffeliges Öl, ein teurer Spaß, die Trüffeln sind dann weich und ohne Geschmack und können nicht mehr ernsthaft verwendet werden.

Der beste Ort

Nach vielen Gesprächen mit Trüffelhändlern, Köchen und Hausfrauen, nach zahllosen Experimenten und aufgrund der im Lauf von Jahren gewonnenen Erfahrung empfehle ich, Trüffeln wie folgt aufzubewahren:

Die Trüffeln nicht putzen, also – sofern noch vorhanden – die konservierende Erde nicht entfernen. Wickeln Sie die Trüffeln in eine Lage von trockenem Küchenkrepp, dann in eine weitere Lage Krepp, die mit ein paar Spritzer Wasser angefeuchtet wird und schließlich in eine dritte Lage von Küchenkrepp, die wieder trocken ist. Das Ganze in ein Küchenhandtuch einschlagen und in das Gemüsefach des Kühlschrankes legen.

Trüffeln haben einen sehr intensiven Geruch. Wer sie im Kühlschrank lagert, muß damit rechnen, daß der ganze Inhalt von dem starken Duft geprägt wird. Meine Frau Angela hat es sich verbeten, daß ihr beständig eine Trüffelwolke aus unserem Kühlschrank entgegenschlägt und daß die ganze Küche streng riecht, wenn sie nur eben Butter oder Milch herausholen wollte. Und so habe ich mir einen Minikühlschrank ausschließlich für die Errungenschaften meiner Trüffeljagd angeschafft.

Das Lagern von Trüffeln in verschlossenen Gläsern oder Plastikbehältern schadet ihnen sehr. Durch die Verdunstung entsteht Wasserdampf und durch den weiteren Reifeprozeß entstehen auch Gase, die in geschlossenen Behältern einen Überdruck erzeugen. Dadurch verlieren die Trüffeln um so schneller an Duft und Konsistenz. Durch den Druck, unter dem die Trüffeln unter solchen Aufbewahrungsverhältnissen stehen, erklärt sich auch das Phänomen, nach welchem sogar aus verschlossenen Behältern der Trüffelgeruch dringt.

Falls Sie Trüffeln im Ursprungsland gekauft haben und mit auf die Heimreise nehmen möchten, sollten Sie Ihre Errungenschaft wie vorher beschrieben verpacken. Ein Behältnis aus Styropor, in das einige Kühlelemente hineingelegt werden, bietet die beste Transportmöglichkeit.

Die Haltbarkeit von Trüffeln ist sehr unterschiedlich. Folgende Angaben gelten bei oben beschriebener optimaler Aufbewahrung.

Bianchetti haben einen besonders hohen Wassergehalt und werden schon nach zwei bis drei Tagen weich, weswegen sie kaum exportiert werden und sich nicht zum Mitnehmen über längere Reisestrecken eignen.

Sommertrüffeln halten sieben bis zehn Tage. Sie können, wie die *bianchetti* auch, eingefroren werden, wodurch sie etwas an Duft, vor allem aber die Konsistenz verlieren. Wenn ich nicht alle frischgefundenen Trüffeln innerhalb einiger Tage verwenden kann, reibe ich sie mit einer Käsereibe locker in ein Glas mit Schraubdeckel und friere sie ein. Bei Bedarf, etwa für Saucen, kratze ich mit einer Gabel die benötigte Menge heraus und halte den Rest weiterhin tiefgefroren bis zum nächsten Bedarf. Im Ganzen eingefroren, wird die Trüffel weich und labberig, sobald sie auftaut. Sie kann zwar in gefrorenem Zustand gehobelt werden, das ist aber nicht ganz einfach, und im übrigen sind diese Scheiben keine Augenweide.

Trüffelbutter herzustellen, wie im Kapitel »Aus meiner Trüffelküche« beschrieben, ist eine angenehme und sinnvolle Methode, den Trüffelgeschmack zu erhalten.

Herrentrüffeln halten vier bis sechs Tage. Eingefroren verlieren sie außer der Konsistenz auch den Duft, der erst durch die feinstgehobelten Scheiben zu seiner vollen Geltung kommt.

Périgord-Trüffeln werden seit dem Entstehen der französischen *haute cuisine* in Wein, vornehmlich in Portwein, gekocht und konserviert. Diese Methode ist nach wie vor die beste und gibt der Trüffel zudem einen aparten Geschmack, der noch angenehmer ist als der im rohen Zustand. Diese Geschmacksverbesserung oder -verstärkung kann bei der Sommertrüffel nicht erreicht werden. Bei der Zubereitung von feinen Saucen zu Fleischgerichten trägt zudem die Verwendung des Portweins, in dem sie konserviert wurde, erheblich zur Verfeinerung bei. Scheiben in der Dicke eines Messerrückens bieten den größten kulinarischen Genuß.

Von den Trüffelköchen

Gastronomische Weihen erhielt die Trüffel bereits bei einem Kochwettbewerb in Athen im vierten Jahrhundert. Das Siegergericht war »Getrüffelte Pastete nach Art des Chiromenes«: kleingeschnittene Trüffeln, zerkleinerte Fasanenbrust, Salz und Gewürze, im Ofen gebacken. In den Genuß kamen freilich nur die Wohlhabenden. Die Küche der einfachen Leute war über Jahrhunderte hinweg geprägt von dem, was zur Verfügung stand; so war der Speisezettel nicht sehr vielfältig. Es ging für viele eher darum, überhaupt etwas zu essen zu haben, wählerisch konnten sie nicht sein. Deshalb wurden neben angebauten Produkten auch alle möglichen gefundenen Früchte verwendet, die oft wenig Geschmack hatten oder erst nach langem Kochen genießbar waren.

An den Fürsten- und Königshöfen hingegen, später auch bei den reichen Bürgersfamilien, war es vornehmlich für die Präsentation wichtig, hochwertige und teure, aber auch exotische Rohstoffe einzusetzen und mit großem personellen Aufwand zuzubereiten und zu dekorieren. Der optische Effekt war wichtiger als der Geschmack oder die Bekömmlichkeit. Besonders schöne Trüffeln wurden als Tischschmuck verwendet. Es gab adelige Herren und Fürsten, die von ihrer Landbevölkerung Trüffeln als regelmäßige Abgaben forderten.

Beeindruckende Trüffeln

Den Gast zu beeindrucken sowie gesellschaftliche Position und Macht zu demonstrieren waren die Motivation für die optisch überbordenden Tafeln. Besonders ausschweifend waren die Schauspeisen, die in den Lustschlössern an der Loire hergestellt wurden. Mit Katharina de' Medici kamen italienische Köche nach Frankreich. Es war Mode, einen italienischen Koch zu haben. Herrschaftliche Hofhaltungen übertrumpften sich gegenseitig mit den Leistungen ihrer Köche, warben sie sich gegenseitig ab. Jeder Koch wollte und sollte noch verrücktere und großartigere kulinarische Dinge schaffen. So waren die Trüffeln lange Zeit, ganz oder in Scheiben geschnitten, eine begehrte Dekoration. Wie immer bei großen Nachfragen, entwickelt sich ein Markt durch neue Herstellungsmethoden oder, wie bei den Trüffeln, durch intensives Suchen, das den Bauern mit guten Prämien schmackhaft gemacht wurde. Schweine und Hunde wurden vermehrt für die Suche abgerichtet, Trüffelhaine angelegt und Trüffeln aus dem Ausland importiert. Ein Tisch ohne Trüffeln war kein feiner Tisch.

Arbeitslose Köche

Nach der Französischen Revolution eröffneten ehemalige Köche von Adelshäusern, deren Mitglieder geflohen oder auf dem Schafott gelandet waren, Restaurants. Nun war es wichtig, den Gästen Speisen zu bieten, die vor allem wohlschmeckend und nicht nur ansehnlich und teuer waren. Viele Köche erinnerten sich an die bodenständigen, bekömmlicheren Speisen, deren Zubereitung auf dem Land nie vergessen wurde. Das Wort Restaurant soll von einem dieser Köche stammen. Er soll vor seinem Gasthaus ein Schild mit der Aufschrift aufgestellt haben: *mangez chez moi, je vais restaurer vos estomacs* – eßt bei mir, ich werde Euere Mägen wieder herrichten. Die Materialien wurden nicht mehr nach der optischen Wirkung, sondern gezielter für den Geschmack eingesetzt. Die Trüffel wurde zum Würzpilz für Saucen und Farcen. Auch wurden zunehmend verschiedene Trüffelarten unterschieden, vornehmlich die häufig vorkommende Sommertrüffel, die seltenere Périgord-Trüffel und in kleinem Umfang die Herrentrüffel aus dem Piemont.

Trüffelkompositionen

Gioacchino Rossini (1792–1868) war wohl einer der ersten Trüffelköche, die uns namentlich bekannt sind. Er stammte aus Pesaro und kannte die Périgord-Trüffel, die in seiner Gegend *tartufo di Norcia* heißt. In vielen überlieferten Rezepten ließ er Trüffeln für Farcen, Saucen verwenden, Fleisch damit spicken, sie in Wein einkochen und eßbare Garnituren bereiten. Er kredenzte etwa *Crêtes de Coq à la Rossini* (Hahnenkämme mit Gänseleber, Hühnerfleisch, Trüffeln); Fasan *à la Rossini* (gefüllt mit Gänseleberfarce, gedünstet, Trüffelsauce); Täubchen *à la Rossini* (in einer Kasserolle mit Wurzelgemüsen gedünstet, Fond mit Trüffelpüree, Champignons und gehacktem Schinken); Hühnerbrüstchen *à la Rossini* (gebraten, dressiert auf Gänseleberscheibe mit Trüffelsauce). Zuletzt sein berühmtestes Rezept, die *Tournedos Rossini* (dicke Rindsfiletscheibe belegt mit gebratener Gänseleberscheibe und Trüffelscheiben, übergossen mit einer Sauce von Madeirawein mit gehackten Trüffeln und Champignons). Rossini nannte die Trüffel den »Mozart unter den Pilzen« und erfand unzählige Gerichte mit ihnen. Seine Rezepte und Geheimnisse soll er streng gehütet haben, und niemand durfte ihm oder seinen Köchen dabei zusehen, wenn er seine Spezialitäten zubereitete. So, heißt es, sei auch der Name dieses Gerichtes entstanden. Rossini soll seinem Koch während der Zubereitung am Tisch zugerufen haben: *tournez le dos* – drehen Sie (den Gästen) den Rücken zu.

Rossini war ein phantasievoller Koch und ein passionierter Feinschmecker, der den *tuber melanosporum* über alles liebte und der immer wieder gern eine kleine persönliche Anekdote zu erzählen beliebte: »Ich habe nur zweimal in meinem Leben geweint. Das erste Mal, als ich Paganini Geige spielen hörte; das zweite Mal auf einem Schiff, als ein mit Trüffeln gefüllter Truthahn direkt vor mir über Bord fiel.«

Eine erneute Symbiose

Eine große Karriere hat die Périgord-Trüffel im kulinarischen Zusammenspiel mit der *foie gras*, der Gänseleber, gemacht. Sie hat in einer erneuten, wunderbaren Symbiose auf raffinierte selbstaufopfernde Art der Gänseleber ihren Geschmack geschenkt.

In deutschen, italienischen und französischen Kochbüchern des 19. und 20. Jahrhunderts sind viele Trüffelrezepte zu finden – besser gesagt, Rezepte, in denen Trüffeln zu verwenden sind. Diese bleiben aber bis auf wenige Ausnahmen Beiwerk, Würze. Zwei dieser Ausnahmen sind Rezepte, in denen Trüffeln in Asche zubereitet oder Trüffelscheiben mit Butterflocken in eine Consommé getaucht werden (diese Kreation stammt von Alfred Walterspiel). Im Appetitlexikon aus dem Jahr 1894 finden wir eine ansprechende Beschreibung: »Trüffeln sind nächst dem Salz das edelste der Gewürze und nächst der Kartoffel die kostbarste aller Knollen.« Betrachtet man die Trüffel in der Tat als Gewürzknolle, wäre bei Nudelgerichten die Trüffel, sogar die Herrentrüffel, auch heute lediglich Beiwerk – wenn sie auch wegen der horrenden Preise die unumstrittene Hauptrolle spielt.

Bequemlichkeit und der unkritische Gast

Die Fertigkeiten unseres heutigen Kochnachwuchses, mit Trüffeln zu kochen, sind leider nicht sehr vielseitig. Unstreitig ist, daß sich Kochstars und »alte Hasen« mit Trüffeln befassen: Sie reanimieren alte Rezepte und schaffen neue Kreationen. Viele »normale« Köche wissen jedoch gerade noch zwischen schwarzen und weißen Trüffeln zu unterscheiden. Mythen und Legenden sowie Mode- und Prestigedenken sind der Phantasie nicht unbedingt zuträglich, unkritische Verbraucher tragen das Ihre dazu bei. Und so finden wir bei uns in Deutschland neben Tagliatelle, Spiegeleier auf Rahmspinat und Tournedos Rossini nur wenig Trüffelspeisen. Es wäre ein noch weitgehend ungenutzter Quell der Gaumenfreude, wenn ein umfangreicheres Wissen über die Trüffel unsere jungen Köche anregen wollte, die große Vielfalt von Speisen, die mit Trüffeln verfeinert werden können, zu erkennen.

Würde die Trüffel von der Zunft der Meisterköche stärker beachtet, so träte mit den duftenden Erdgewächsen nicht nur irgendein Produkt der Natur wieder in den Fokus, sondern eine Frucht, die immer wieder von geradezu entscheidender politischer Bedeutung gewesen ist. Wer einen *tuber* auf dem Teller hat, den umweht ein gewissermaßen historischer Duft der Entspannung: So gelang es den Autoritäten des Städtchens Acqualagna im September 1506, den kriegerischen Papst Julius II., der soeben im Begriff war, sich Bologna zu unterwerfen, durch einen Korb voller Herrentrüffeln sanft zu stimmen. Glücklich schätzten sich seine Bürger, weil die hungrigen Soldatenhorden des Papstes, denen von den Trüffeln nichts vergönnt war, die kleine Stadt auf ihrem Rückzug nach Rom in Frieden dennoch links liegenließen.

Rund dreißig Jahre später, im Jahr 1537, rettet sich die Stadt Alba vor der zerstörerischen Belagerung durch Karl V., indem sie den Souverän mit einer derart exquisiten *fonduta al tartufo* verwöhnt – mit geschmolzenem Fondinakäse und weißen Trüffeln.

Und schließlich hält sich das Gerücht, daß Frankreichs Verhandlungsposition auf dem Wiener Kongreß, als es um die Neuordnung Europas nach den Napoleonischen Kriegen ging, deutlich gestärkt war. Es hatte nämlich Charles Maurice de Talleyrand (1754–1838) etwas Besonderes im Gepäck: den Koch Marie-Antoine Carême samt herrlichen Trüffeln, die für eine außerordentlich gute Verhandlungsatmosphäre gesorgt haben sollen.

Als der 39. amerikanische Präsident Jimmy Carter im Jahr 1974 die Stadt Alba besuchte, schenkte man ihm eine Trüffel von über zwei Kilogramm. Die Geste wurde gewiß als sehr freundlich empfunden, so recht etwas anzufangen mit der merkwürdigen Knolle wußte die US-Gesandtschaft indes wohl nicht: Es wird erzählt, daß auf die Nachfrage an den Präsidentenkoch, wie denn die Trüffel so gewesen sei, dieser geantwortet habe, sie hätte ziemlich lang gekocht werden müssen, bis sie gar war.

Von preiswerten Trüffeln

Vor vielen Jahren wurde ich von meiner Frau zu meinem Geburtstag im Dezember in ein nobles italienisches Ristorante in München eingeladen, das auch in der Serie *Monaco Franze* eine Rolle spielte. Die weißen Trüffeln waren damals noch selten auf der Speisenkarte, und ein Teller mit Tagliatelle kostete mit dünnsten Trüffelscheiben immerhin 15 Mark. Heute kostet jede einzelne »Hobelung« zehn Euro. Zurück in die Achtziger: Am Tisch neben uns saß ein Pärchen. Er in feinem grauen Tuch. Juniorchef oder Abteilungsleiter. Sie, aufwendig zurechtgemacht im Minirock, den sie nach jedem erneuten Beine-Übereinanderschlagen mühevoll und schamhaft in Richtung ihrer weit entfernten Kniescheiben zupfte. Als sei ihr nicht recht wohl bei so wenig Stoff.

Sieht aus und riecht wie Käse

Auf dem Tisch stand ein Sektkühler mit einer Flasche Moët-Chandon. Wir hatten unsere Trüffelei schon hinter uns und beobachteten, wie sich der Kellner mit dem Kästchen mit den Trüffeln darin dem Paar näherte. Die Tagliatelle lagen schon dampfend in den beiden Tellern. Der Kellner stellte irgendeine Frage, worauf er eine Trüffel aus der Schatulle nahm und über die Nudeln der Dame hobelte. Nach kurzem hielt er inne und schaute den Juniorchef fragend an. Noch mehr? Sicher, nur zu. Gleiche Prozedur auch bei seinem Teller. Das war eine ganze Menge Trüffeln. Das wird teuer, dachten wir.

Die Teller waren leer, der Kellner kam wieder und fragte, ob es auch gemundet hätte. »Sehr gut«, sagte der Juniorchef, »nur der Käse, den sie darübergerieben haben, hat etwas eigenartig geschmeckt.«

Wir waren leider schon mit unserem Dessert fertig und tranken bereits einen *caffè corretto*. Gerne hätten wir noch miterlebt, wie dem Trüffelpaar die Rechnung präsentiert wurde. Aber sie waren erst beim Hauptgang. Die zweite Flasche Moët wurde soeben für sie geöffnet. Die Stimmung der beiden wurde offensichtlich immer besser. Nun zupfte sie auch nicht mehr an ihrem Minirock herum.

Preise wann, wo, für was und für wen

Trüffeln sind teuer, für die meisten Menschen unerschwinglich. Presseberichte über Spitzenpreise in Sternerestaurants oder bei Benefiz-Versteigerungen schwirren unkritisch durch den Trüffelduft. In Frankreich kostete vor dem Ersten Weltkrieg ein Kilogramm Trüffeln zehn Francs. Während des Krieges sank der Preis auf unter drei Francs. In den sechziger Jahren des 20. Jahrhunderts begann der unaufhaltbare Aufstieg des Trüffelpreises. Findige Piemonteser Gastronomen haben schon damals erkannt, wie wirkungsvoll es ist, bekannte Persönlichkeiten für die Produktwerbung vor den Karren zu spannen. So trugen Marilyn Monroe, König Faruk von Ägypten und Alfred Hitchcock dazu bei, die Trüffel als lebenswichtiges Nahrungsmittel für die Schönen und die Reichen auszuweisen.

Wenn über Trüffelpreise gesprochen oder geschrieben wird, wird versäumt, genau zu erklären, um welche Trüffeln es sich handelt und für wen die Preise gelten. Folgende Tabelle stellt differenziert die durchschnittlichen Preise der drei wichtigsten Trüffelarten in den Jahren 2002, 2003 und 2004 dar, wobei sie im Verlauf der jeweiligen Saison um plus/minus 120 Prozent variieren können.

Trüffel aus den Marken/Italien

	Tuber magnatum **Herrentrüffel (weiß)**			*Tuber melanosporum* **Périgord-Trüffel (schwarz)**			*Tuber aestivum* **Sommertrüffel (schwarz)**		
Saison	1.10. bis 31.12.			1.12. bis 31.12.			1.6. bis 31.8. & 1.10. bis 31.12.		
Durchschnittspreis in Euro/kg im Jahr	2002	2003	2004	2002	2003	2004	2002	2003	2004
der Trüffelsucher bekommt	900	1300	1500	400	600	650	200	260	290
der Grossist verlangt	1400	2000	2400	650	800	900	260	330	380
im Feinkostgeschäft	3800	4900	5500	1200	1700	1800	500	650	750
im Nobel-Restaurant	4800	5900	6500	1800	2350	2500	700	880	980

Millionenschwer

Nun sei an dieser Stelle eine fiktive Hochrechnung erlaubt, die der Realität sehr nahe kommen dürfte. Sprechen wir zunächst nur von der Herrentrüffel, die von Oktober bis Dezember geerntet werden darf, das sind 92 Tage. Gehen wir von 50 echten Suchtagen aus, an denen ein professioneller *tartufaro* ein Kilogramm pro Tag findet; das sind 50 Kilogramm. Im Hinterland von Pesaro in den Marken sind an die 350 Trüffelsucher lizensiert; wenn davon vielleicht 250 tatsächlich ihr Handwerk ausüben, kommen wir auf eine Ernte von 12 500 Kilogramm. Bei einem Preis von 1000 Euro, den ein Trüffelsucher bekommt, sind das immerhin zwölfeinhalb Millionen Euro; und das in nur einem der vielen Trüffelgebiete und nur auf die Herrentrüffel bezogen. Zudem muß man bedenken, daß es erheblich größere Mengen an Sommertrüffeln und Périgord-Trüffeln gibt. Auf dem Teller in Sternerestaurants mit der Briefwaage gewogen, würde sich dieser Betrag auf hundert Millionen Euro errechnen.

Und zu Weihnachten fast geschenkt

Die Verbraucherpreise für die beiden schwarzen Arten bleiben während der jeweiligen Saison eher konstant. Die der Herrentrüffeln ist zu Beginn der Saison (1. Oktober) sehr hoch, fällt gegen Ende des Monats ab und steigt zu Beginn Dezember nochmals steil an bis Mitte Dezember. Ab dem 20. Dezember fällt er wieder stark ab, da sich zu diesem Zeitpunkt die Großhändler, Restaurants und Privatkunden für Weihnachten und Silvester schon eingedeckt haben. Wer gerne kulinarischen Nervenkitzel hat, kaufe erst ab dem 20. Dezember für das Weihnachtsessen mit den Schwiegereltern. Geht die Spekulation schief, kommt ein schönes Raclette auch gut an.

Allenfalls kurz und beiläufig und ganz am Rande erwähnen möchte ich an dieser Stelle die Privatkunden, die jeder *tartufaro* hat; und die kleinen *trattorie*, an deren Hintereingängen Duftendes in Klingendes getauscht wird; und die Parkplätze, auf denen ein duftender Kofferrauminhalt mit italienischem Kennzeichen ankommt und mit einem deutschen Kennzeichen weiterfährt. Die verdammten Einlieferungsscheine beim Grossisten mit dem obligatorischen Namen des Trüffelsuchers und der Steuernummer müssen für die *finanza* und deren jährliche Schätzung genügen!

Von einem jungen Hund

Ich denke allmählich daran, einen zweiten Trüffelhund heranzuziehen. Er könnte mit Attila mitlaufen. Kein Welpe sollte es sein, sondern ein Tier, das bereits ein Jahr alt und schon etwas auf seine Berufung vorbereitet ist. Franco ist mein guter Ratgeber, er hat mir seinerzeit Attila verkauft; er kennt die Trüffel- und die Trüffelhundeszene. Lorenzo, ein Bekannter von ihm, geht ab und zu mit einem auf Trüffelsuche, der Lagottos züchtet. Er wird ihn anrufen und fragen, ob er einen seiner Hunde abgibt. Nach einigen Telefonaten zwischen mir, Franco, Lorenzo und dem Hundezüchter bietet sich ein Hündchen mit neun Monaten an, das er, schwersten Herzens, unter Umständen abgeben würde. Nur in gute Hände, denn einen Hund mit so guten Anlagen hat er noch nie gehabt; und er würde ihn überhaupt nur hergeben, weil Franco ein *amico* ist und keine schlechten Leute zum Freund hat.

Die beste tartufaia Italiens

Lorenzo wohnt im *interland* von Fano, wie Italiener zu Hinterland sagen; dem absoluten Trüffelzentrum in den Marken. Ich habe mich nie getraut, mit Attila in dieser Gegend zur Trüffelsuche zu gehen, weil dort nur Profis unterwegs sind, die nicht mit sich spaßen lassen. Ich kenne dort keine präzisen Trüffelgebiete und auch keinen toleranten Trüffelsucher, der mich einweisen könnte. An einem Dienstag Anfang Dezember um sieben Uhr morgens holt mich Franco zu Hause mit seinem Allrad ab. Hast du deine Gummistiefel dabei? Attila nehmen wir auch mit. Wir wollten doch nur den jungen Hund anschauen. Wir werden sehen. Stiefel, *vanghetta*, Hundekuchen, Handschuhe und Attila werden in den Allrad verfrachtet, und los geht's. Nach einer dreiviertel Stunde kommen wir bei Lorenzo im Örtchen Calcinelli an. Er hat eine Schreinerei, keine Ehefrau und züchtet Lagottos. Er geht mit einem gewissen Leonardo auf Trüffelsuche in dessen natürliche *tartufaia*, die einmalig in Italien ist, wie mir Franco versichert. Er war noch nie selbst dort, wurde aber von Lorenzo eingeweiht. Sie ist eingezäunt und produziert seit Jahren gute Mengen der Herrentrüffel. Leonardo, der ebenfalls Lagottos züchtet, läßt nur einige wenige seiner Freunde auf dieses wunderbare Fleckchen Erde, wo man auf 60 Hektar Trüffeln suchen kann.

Die Schönheit kostet am wenigsten

Lorenzo zeigt uns seine Lagottos, zwei davon haben 1999 in Mexiko die Weltmeisterschaft gewonnen. Wir laden unsere Utensilien in Lorenzos Kombi um, Attila kommt in eine Box, und los geht's rund 15 Kilometer ins Landesinnere über kleine Asphaltstraßen und Feldwege. Nie mehr werde ich dort hinfinden; Franco auch nicht. An einem verlassenen, alten Bauernhaus unter großen Eichen parken wir, steigen aus und in die Gummistiefel. Franco holt sich die letzte Zigarette aus der Schachtel, steckt sie in den Mund und wirft die Schachtel ins Gras. Ich hebe sie auf und stecke sie feierlich in eine der vielen Taschen seiner Jacke. *Tedesco!* grinst er.

Der Boden besteht aus reinem Lehm, und es hat die letzten Wochen viel geregnet. Es ist neblig, richtig gespenstisch. Hundegebell, vor dem verlassenen Bauernhaus einige Hundezwinger aus Baustahlgitter, in denen Leonardos Hunde aufgeregt hin und her springen. *Ciao*. Da seid ihr ja! Lorenzo stellt Franco und Kla-hus vor. Woher kommst du? Deutschland? Nein, Bayern, *Monaco di Baviera*. Ah, Oktoberfest. War ich schon dreimal. Paulaner. *Buono*! Leonardo, ein listiger Sechziger in einem grauen Arbeitsmantel und Gummistiefeln, zeigt uns stolz die Hunde, acht oder zehn bestimmt. In der letzten Box kläffen zwei junge Hunde, ein blonder mit braunem Kopf und ein *marrone*, ein graubrauner. Leonardo läßt den blonden mit dem braunen Kopf aus der Box. Er kommt sofort zu mir her, läßt sich streicheln, leckt mir die Hand. Neun Monate, aber schau dir den Körperbau an, quadratisch, starke Brust, kräftige Vorderpfoten. Wirklich ein netter Hund und hübsch. Die Schönheit kostet am wenigsten. Wir nehmen ihn mit, dann kannst du sehen, ob er dir gefällt, und du gewinnst eine Vorstellung davon, ob er schon ein bißchen kapiert hat, um was es geht.

Eine jungfräuliche Trüffel

Attila bleibt in der engen Box im Auto und ist sauer. Vielleicht können wir später noch eine Runde mit ihm drehen. Ein unbefestigter, schlammiger Weg führt uns nach einem halben Kilometer in die *tartufaia*. Dieser Eichenwald ist wunderschön, jedem Trüffelsucher muß hier das Herz aufgehen. Wie heißt der Hund? Tolo. Wie? In den Papieren steht Ptolemaeus. Nun ja. Hast du ein paar Trüffeln vergraben? will Franco wissen. Nein, *per carità* – um Gottes willen. Es ist heute wirklich das erste Mal mit Tolo hier in dieser *tartufaia*. Ich habe ums Haus herum immer wieder Trüffeln vergraben, die er sofort fand. Heute werden wir sehen, ob er auch *un tartufo vergine* findet, also eine jungfräuliche, eine natürlich gewachsene Trüffel. Die zur Ausbildung vergrabenen finden die jungen Hunde schon nach kurzer Zeit, weil neben dem Trüffelgeruch auch noch der Geruch von Herrchens Händen an der Grabstelle vorhanden ist.

Tolo trabt wie ein Wiesel voller Freude über das feuchte Laub, durch das Unterholz. Hin und her. Er beginnt drei-, viermal zu scharren. Wir nehmen fachmännisch einige herausgescharrte Erdklumpen in die Hand, riechen daran und ziehen kritisch die Stirn kraus. *Niente.* Die in grünen Gummistiefeln steckenden Lorenzo, Leonardo und Franco unterhalten sich in breitem marchigianischen Dialekt, den ich recht gut verstehe, aber vermeide, ihn selbst zu sprechen; und ich laufe mit, wie ein Hündchen, aber mit Riesenohren.

Gute Zeiten, schlechte Zeiten

Letzte Woche habe ich eine Trüffel gefunden, die war gut 150 Gramm schwer. Ganz tief unten. Der Hund hat immer wieder an der gleichen Stelle gescharrt, bis ich sie gefunden habe, erzählt Leonardo. Lorenzo hat eine mit 180 Gramm gefunden, die um eine Wurzel herumgewachsen war. Deshalb nimmt er jetzt immer ein Messer mit, um eventuelle Wurzeln abschneiden zu können. Sie überbieten sich mit ihren Funden und mit den Attributen ihrer Wunderhunde. Nur Franco meint, dieses Jahr wäre nicht sehr gut. Stimmt, meinen die beiden anderen. Hast du gehört, welche Preise sie in Deutschland nehmen? Fragt doch Kla-hus, der muß es wissen. Ach ja, ich bin auch noch da. Und? Ach, so teuer sind sie auch wieder nicht. Alles Propaganda. Aber dieses Jahr, wirklich! Und die Wildschweine … –

Tolo scharrt sehr nachhaltig neben einer kleinen Eiche, hält ein, schaut zu uns her, das Schwänzchen geht aufgeregt hin und her, wie ein auf den Kopf gestellter nervöser Perpentikel. Lorenzo gräbt mit seiner *vanghetta* vorsichtig im feuchten Lehm, wir riechen an den Klumpen. Riecht stark nach Trüffel. Da muß etwas sein! In zehn Zentimetern Tiefe wird eine breite, flache Trüffel sichtbar; eine Jungfräuliche, deren Rand der Kleine mit den Krallen etwas beschädigt hat. *Fà niente*. Er muß erst noch lernen, auf Kommando sofort aufzuhören. An die 50 Gramm, das ist in Ordnung. Reicht für unsere Tagliatelle heute abend. Aber sonst – enorm schlecht heuer. Die anderen stimmen zu, ich auch. Tolo gefällt mir sehr gut. Ich werde einen Teufel tun und mir das anmerken lassen. Nach einer guten Stunde gehen wir wieder zurück zum Auto und zu den Hunden. Tolo kommt in seinen Zwinger. Nun darf Attila noch einen Spaziergang durch die Traum-*tartufaia* machen. Er findet zielsicher drei oder vier schöne, wenn auch nicht allzu große Trüffeln. Das Jahr ist ja nicht so gut. Die Trüffeln nehmt ihr mit, gestattet uns Leonardo. Hier würde ich gerne ein paar Stunden auf die Suche gehen.

Die Stiefel im Gras etwas gesäubert, fahren wir alle zusammen in Lorenzos Kombi zurück in seinen Ort. Am Ortseingang halten wir an einer Bar, in der ich eine Runde *Ramazotti caldo* – Magenbitter mit Wasserdampf erhitzt und einem Stückchen Zitrone – ausgeben möchte. Gar nicht einfach, weil alle einen ausgeben wollen – *offro io*! *No, offro io*! Als guter deutscher Vermittler schaffe ich die nahezu unvorstellbare Vereinbarung, nach welcher einer nach dem anderen eine Runde ausgibt. Das haben wir uns aber auch verdient. Über den Hund wird nicht gesprochen. Jetzt damit anzufangen, vielleicht nach dem Preis zu fragen wäre unhöflich, auch nicht nach dem zweiten Ramazotti. In ein paar Tagen wird Franco Lorenzo anrufen und fragen, ob er schon bei Leonardo angerufen hat, welchen Preis er sich für Tolo vorstellt. Obwohl ich ja gar keinen Hund brauche, weil Attila so gut ist. Leonardo wird Lorenzo sagen, er müßte es sich noch überlegen. Und es wäre ja eigentlich eine Schande, so einen guten Hund herzugeben. Und Lorenzo wird Franco anrufen und dieser mich. Das nächste halbe Jahr werden wir noch einige Telefonate führen. Hier die *direttissima* zu nehmen wäre ein grober Fehler.

Freunde fürs Leben

Je mehr Ramazotti, desto mehr werde ich in das Gespräch einbezogen. Wo hast du Italienisch gelernt? Ich komme seit vielen Jahren nach Italien, privat, aber auch geschäftlich. Franco wirft ein: Er ist der *vicepresidente* der Italienischen Handelskammer in München. Wie bitte? meint Leonardo, der Hundebesitzer? Zu Lorenzo hast du gesagt, *ti porto uno* …, du bringst einen mit – so irgendeinen. Die Lebensgefährtin meines Sohnes organisiert demnächst eine Ausstellung in der Schweiz mit Salami, Schinken, Käse, Wein und anderen Produkten aus unserer

Region. Kannst du ihr nicht ein paar Kontakte in Bayern verschaffen? *Certo!* Sicher! Nun bin ich voll dabei. Alle reden auf mich ein und wollen wissen, was ich sonst noch mache, ob wir schon Schnee haben und ob wir jeden Tag *stinchi con crauti*, Hax'n mit Sauerkraut essen. Tauschen wir die Handynummern aus, schlägt Leonardo vor. Schön, dich zu kennen und mit dir befreundet zu sein.

Finde ich auch, denn Leonardo läßt nur Freunde in seine *tartufaia.*

Von Trüffeln in Deutschland

An einem Sonntag vormittag erreichte mich ein Anruf eines Journalisten einer großen Münchener Tageszeitung. Eine Sensation! Jemand hätte in Oberbayern eine weiße Trüffel gefunden. Er wollte über diesen wertvollen Fund berichten und von mir Näheres über die weißen Trüffeln wissen. Ich ließ mir die Trüffel beschreiben. Schon mehrmals hatten mir Leute weiße Trüffeln, die sie im Alpenvorland gefunden hatten, zur Begutachtung gebracht – in der Hoffnung, es wären die teuren weißen Trüffeln, die Herrentrüffeln.

Das Exemplar, um das es diesmal ging, hatte die Größe einer Mandarine, war weißlich-grau, ähnlich einem fleckigen Stein. Es handelte sich um eine Mäandertrüffel *(Choiromyces meandriformis* oder *venosus).* Da die Mäandertrüffel teilweise bis zur Hälfte aus dem Waldboden herauswächst, war der Finder beim Schwammerlsuchen geradewegs darübergestolpert. Kein Hund hätte diese Trüffelart entdeckt, sie riecht nach rein gar nichts.

Von den gut 240 verschiedenen Trüffelarten, die es auf der Welt gibt, kommen nur wenige in Deutschland vor und sind ganz ohne oder mit nur geringem Geschmack, der mit dem der wertvollen Trüffeln wenig zu tun hat. Es wird von einem Sternekoch berichtet, der feine Speisen mit der im Fränkischen wachsenden Schiefertrüffel kreiert – mit eher exotischem als kulinarischem Wert. In unseren Breiten gibt es weder Herrentrüffeln noch Périgord- oder Sommertrüffeln.

Verdauungsfördernd

Die Mäandertrüffel wird relativ häufig gefunden. Sie wurde zu früheren Zeiten, wie so vieles andere für uns heute Unvorstellbare, zubereitet und gegessen. Sie mußte einige Stunden gekocht werden, da sonst die Verdauung äußerst stark und plötzlich eingesetzt hätte oder gar Vergiftungserscheinungen aufgetreten wären. Aus dieser Zeit stammen Rezepte, die mit Anweisungen beginnen wie: Man nehme zwei bis drei Kilogramm Trüffeln, putze sie und koche sie drei Stunden auf mittlerem Feuer.

Von einem Trüffelrekord

Anfang Juni. Ein schöner Abend auf der Terrasse mit Pizza *al rosmarino* und viel Vino Lacrima, dem typischen Wein in Monte San Vito. In Weinlaune prahle ich vor den Gästen, ganz früh auf Trüffelsuche zu gehen. Erstaunlicherweise will niemand mitgehen.

Das Versprechen

Um half fünf piept der Wecker penetrant. Ein Blick aus dem Fenster sagt mir: das angekündigte Ende der Schönwetterperiode ist da. Es nieselt. Um das Gesicht nicht zu verlieren und beim Frühstück hämisches Gelächter zu vermeiden, sind um fünf Uhr Attila, Hundekuchen, Grabwerkzeug und Frischetücher, die ich bei jedem Flug mit der AirDolomiti mitgehen lasse, im Punto verstaut, und es geht los. Ich fahre zu einem besonders geheimen Trüffelplatz, an dem ich noch nie andere Grabstellen gesehen habe als meine eigenen, geschweige denn einen anderen Trüffelsucher.

Regen bringt Segen

Das Nieseln geht langsam in Regen über. Der angepeilte Trüffelplatz ist recht bequem zu begehen. Er ist eben, die Bäume, fast alles Eichen, stehen in guten Abständen. Wenn es regnet, wird der Lehmboden zur Schmierseife, und Hund und Herrchen schauen hinterher aus wie von einer Töpferscheibe gesprungen. Vom Auto aus müssen Attila und ich nur einen halben Kilometer leicht bergauf bis zum Wäldchen laufen. Attila ist schon ganz naß, was für die Heimfahrt im Punto angelaufene Scheiben und den Geruch nach intensiv getragenen Turnschuhen garantiert. Wir müssen unbedingt ein paar Trüffeln mit nach Hause bringen, sonst gibt es das Gelächter mittags. Attila prüft jede Eiche und setzt seine Duftmarke, bis es mir reicht und ich ihn anherrsche. Beleidigt zieht er seine Kreise. Schnüffelt hier, schnüffelt da. Scharrt nicht sehr überzeugt an einer Stelle und setzt sich. Wenn er meinem Blick ausweicht, ist entweder gar nichts drin, oder ich finde eine faule Trüffel. Es ist eine kleine faule, die ich sofort wieder eingrabe. Auf Wiedersehen nächstes Jahr vielleicht.

Plötzlich sehe ich Attila nicht mehr. Ich rufe ihn, er kommt aber nicht. Da entdecke ich ihn unter einer mittelgroßen Eiche mit tiefhängenden Ästen. Er scharrt wie ein Wilder. Ich rufe *fermati!* Halt. Er könnte die Trüffel beschädigen. Spürt er Widerstand, hört er eigentlich sofort von selbst mit dem Scharren auf. Nach meinem Kommando stellt er das Scharren ein und setzt sich schwanzwedelnd auf die Stelle, an der er gescharrt hat. Ich schiebe ihn weg, kontrolliere die Stelle. Er hat ein Loch von schon fast zehn Zentimetern Tiefe gescharrt. Nichts ist im Loch. Ich grabe vorsichtig mit der *vanghetta* weiter. Nichts.

Tagliatelle von Truthahneiern

Nach einem lauten *su, Attila, su!* beginnt er wieder zu scharren, etwas weiter in Richtung Baumstamm. Er hält ein, steckt die Schnauze in das Loch, scharrt wieder, steckt die Schnauze wieder hinein, schnaubt dabei laut. Ich schiebe ihn weg und steche

mit dem Werkzeug neben der Stelle, an der er so intensiv gescharrt hat, tief hinein und heble das Erdreich hoch. Der Lehm teilt sich und etwas Dunkles schimmert durch. Da ist eine! Vorsichtig hebe ich weiter an, lege das Werkzeug beiseite. Ich teile den großen Lehmklumpen vorsichtig mit den gummibehandschuhten Händen und schäle eine riesige Trüffel heraus – groß wie eine Kokosnuß, gut 25 Zentimeter im Durchmesser. Ich kann es kaum fassen, was ich da in den Händen halte. Attila stupst mich an und will endlich einen Hundekuchen. Einen? Fünf bekommt er! Und dann nochmals eine Handvoll. Die Trüffel verströmt einen feinen Duft nach Pilzen und Knoblauch. So eine große Sommertrüffel habe ich noch nie gesehen. Attila

ist genauso begeistert wie ich. Das wird ein Empfang heute. Wir werden ein großes Trüffelessen mit den Freunden und den Nachbarn machen. Ich rufe sofort unsere Nachbarin Innocenza an – die beste Köchin der Welt – und informiere sie über die Situation. Sie verspricht, sofort für 15 Personen Tagliatelle zu machen; nicht normal mit Hühnereiern, sondern mit Truthahneiern, weil die mehr Geschmack und eine schönere Farbe machen.

Zu Hause angekommen, mache ich ein mißmutiges Gesicht, naß und voller Lehm, wie Hund und Herrchen sind. Habt ihr etwas gefunden? Sie sagen nicht, hast du etwas gefunden? Sie sagen, habt ihr. Nicht der Rede wert. Das Grinsen der angeblichen Freunde wird breiter. Wir wollen heute abend in der *trattoria del pescatore* Fisch essen; du bist doch einverstanden. Dieser weiteren Gemeinheit habe ich etwas Gewichtiges entgegenzusetzen. Kannst du mir mal die Waage aus der Küche holen? Verunsichert geht einer von den angeblichen Freunden ins Haus und bringt ein paar Augenblicke später eine Digitalwaage, die er auf die Austragsbank vor dem Haus stellt. Ich hole sehr umständlich und sehr langsam aus einer der tiefen Taschen meiner Jacke das Rekordobjekt und lege es auf die Waage. 532 Gramm. Großes Staunen, jeder will es anfühlen, in der Hand wiegen und beschnüffeln. Sei es ihnen gegönnt. Heute abend kommen die Nachbarn, Innocenza macht gerade Tagliatelle. Verklärte Gesichter beim Abendessen zu fünfzehnt. Das sind genau 34,5 Gramm pro Nase. Als Vorspeise machen wir *bruschetta*, geröstetes Weißbrot, mit Olivenöl, Salz, Pfeffer und die Trüffel darübergehobelt. Die Eiernudeln lassen wir in Butter mit Knoblauch und einer großen Menge dazugeriebener Trüffel, Salz und schwarzem Pfeffer ziehen und servieren sie heiß. Auf die Nudeln in den Tellern hoble ich noch wahre Berge von Trüffelscheiben. Der eine oder andere gibt noch etwas geriebenen Parmesankäse darüber, das ist legal. Ein Prosit auf Attila und Herrchen mit dem fast schwarzen, duftenden Vino Lacrima, der nicht nur Zungen und Zähne blau macht, sondern auch bald die wackeren Trüffelfreunde.

Schluß

Nach vielen Jahren in Mittelitalien habe ich so manches verstanden und mich an vieles gewöhnt, außer an das Fahren auf einer stark frequentierten Autobahn. Giovanni, ein Freund Francos, den ich vom Trüffelhundewettbewerb in Fossombrone kannte, hatte mich in die Emilia-Romagna eingeladen. Er besitzt im Hinterland von Rimini eine Trüffel-*riserva*, die wir gemeinsam besuchen wollen.

An der Ausfahrt Imola werden wir uns treffen. Mit Attila im hinteren abgetrennten Teil des Puntos fahre ich auf der vollen sechsspurigen Autobahn Rimini – Bologna auf der rechten, völlig freien Spur mit Tempo 100, während die italienischen Mitbürger Europas mit 70 oder 80 auf der mittleren Spur in Kolonne dahinschleichen, sich mit dem Beifahrer und den Mitfahrern auf den Rücksitzen mit Händen und Füßen unterhalten; mal fahren sie dabei zu sehr nach links, mal zu weit nach rechts.

Ich wechsle vorsichtig auf die linke Spur, passe mich dem Tempo 140 an – und werde links und rechts von frechen Motorradfahrern überholt. Der Hintermann fährt mir fast in den Kofferraum hinein. Blöder Mensch, sollte ihm Attila zuknurren. Er hat den linken Blinker gesetzt und betätigt unablässig die

Lichthupe; wegen der Kolonne vor mir kann ich nicht schneller fahren. Er läßt nicht ab, aber ich weiche nicht. In Deutschland gibt es die Schilder mit der Aufschrift »Achtung Turnierpferde«. Ob ein Schild »Achtung Trüffelhund« in Italien eine Wirkung hätte? Mein Hintermann blinkt immer noch, kommt noch näher. Es drängt mich, eine Vollbremsung anzudeuten, was ich aber Attila zuliebe unterlasse. Wenn ich jetzt wegen eines Staus anhalten müßte, würde mein Hintermann wutentbrannt sein Fahrzeug verlassen, zu mir vorrennen, die Türe aufreißen und mich mit einem Schraubenzieher erstechen oder mich mit dem Sicherheitsgurt erwürgen. Ich könnte mich höchstens mit meiner *vanghetta* wehren, Attila auf ihn hetzen oder ihm ein paar Hundekuchen anbieten.

Als Klügerer gebe ich endlich nach und wechsle auf die mittlere Spur. Den Blick unauffällig nach links gerichtet, erwarte ich eine wutverzerrte Fratze oder drohende Armbewegungen oder unflätige Gesten. Oder alles zusammen. Nichts! Er beachtet mich nicht einmal, fährt an mir vorbei und dem nächsten Auto wieder fast in den Kofferraum. Mit Blinker und Lichthupe.

Kurz darauf erreiche ich Faenza, wo ich die Autobahn verlasse. Gleich nach dem Kassenhäuschen wartet schon der Trüffelkollege Giovanni in unverwechselbarer Trüffelkluft neben seinem mit Schlamm bespritzten Allrad auf mich. Fahren wir mit meinem *fuori strada?* meint er zur Begrüßung. Ich öffne die Hecktüre des Punto, und Attila schaut mich aus verschlafenen Augen an; er hatte schon immer die besseren Nerven.

Konspirative Übergabe

An der parallel zum Meer verlaufenden Staatsstraße 16 zwischen Senigallia und Ancona gibt es einige Parkplätze, die im Sommer tagsüber von Badegästen belegt sind. Dort stehen Verbotsschilder, nach denen von 22 bis 6 Uhr (und nicht umgekehrt!) nicht angehalten werden darf.

Auf einem dieser Parkplätze halten dann aber doch nachts zwei unauffällige Autos. Die Fahrer steigen aus, heißen vielleicht Salvatore und Enzo und verhandeln miteinander. Informationen, Drogen, Juwelen? Eine Szene aus einem spannenden Krimi; oder Realität im Trüffelgeschäft? Der Kofferraum eines der Autos wird geöffnet. Ein intensiver, konzentrierter Geruch, der den beiden aus einer Styroporschachtel entgegenströmt und ihnen fast Tränen in die Augen treibt. Weiße Trüffeln, eingebettet in zerknülltes Zeitungspapier, drei, vier Kilogramm davon. Einer anderen Schachtel entnimmt Enzo eine digitale Waage mit einer großen Schale, stellt sie neben den Trüffeln auf, schaltet sie ein und zeigt auf die Null der rotleuchtenden Skala. Salvatore nimmt eine Trüffel nach der anderen, größere und kleine, hält sie zwischen Zeigefinger und Daumen in den Schein der Kofferraumbeleuchtung, riecht daran, entfernt hier und da etwas Erde und legt sie in die Schale.

Da, ein Licht, ein anderes Auto. Kofferraumdeckel zu, lässig ans Auto gelehnt und in aller Ruhe eine Zigarette angezündet.

Das Auto fährt langsam vorbei, der Fahrer blickt etwas irritiert durch die Seitenscheibe und biegt wieder auf die Straße ein, beschleunigt und ist weg. Kofferraum auf, und die letzten Trüffeln werden überprüft. Welch schlechtes Trüffeljahr, seit Wochen hat es nicht geregnet, meint Enzo. Welch schlechte Zahlungsmoral bei den Gastronomen, und die Gäste sparen, wendet Salvatore ein. Sie kennen sich seit Jahren, und keiner nimmt diese Aussagen des anderen mehr ernst. Drei Kilo 480 Gramm – sagen wir drei Kilo 400. Über den Preis sind sie sich schnell einig. Banknoten werden in die andere Hand gezählt, die Styroporschachtel wechselt den Besitzer. *Ciao, a presto*, grüßt Enzo. Salvatore kurbelt mit der rechten Hand, *ti chiamo*, ich rufe dich an. Er hat noch eine weite Fahrt vor sich in seinem Auto, das jetzt viel weniger wert ist als sein Inhalt.

Halten verboten

Diese Halteverbote sind eine profitable Erfindung des Bürgermeisters von Rimini, welche von der Provinz Ancona übernommen wurde. Allerdings nicht, um den Schwarzhandel mit Trüffeln zu unterbinden. Nachdem es keine rechtliche Handhabe gegen Straßenprostitution in Italien gibt und um die Gemeindekasse aufzubessern, hat der Bürgermeister diese Verbotsschilder an einschlägigen Straßen, an denen *luciole* stehen, aufstellen lassen. *Luciole* sind Glühwürmchen, wie die leichten Mädchen hier heißen und ihrem Gewerbe nach-»stehen«; so genannt, weil sie sich früher mit kleinen roten Lichtern bemerkbar zu machen pflegten. Hält ein Freier nachts an, bezahlt er bei einer Polizeikontrolle zwischen 150 und 450 Euro Strafe.

Die Polizei wird aber nur selten bei Salvatores und Enzos abkassieren, weil diese Art von Trüffelhandel eine sympathische, ja romantische Ausnahme bleiben wird. Und sollten sie wirklich in eine Kontrolle geraten, ist die Frage, ob und welche Polizei zuständig ist, die *Guardia forestale*, die Forstpolizei, welche Trüffelsucher und Wilderer kontrolliert, die *carabinieri*, die für die besten Witze und auch für die Prostitution zuständig sind, oder die gefürchtete *Guardia di finanza*, die Finanzpolizei, über die niemand lachen kann.

Der Trüffelliebhaber kann aber beruhigt sein, denn wegen der Strafen für die Mißachtung des Halteverbots wird sich der Trüffelpreis kaum verteuern. Der Trüffelexport erfolgt heute über gut organisierte und verläßliche Handelsunternehmen, die sich für eine klare Qualitätskontrolle mit einer seriösen Preisgestaltung verantwortlich fühlen.

Steuern auf italienisch

Der *circolo ARCI* hat seine Räumlichkeiten im Rathaus. Eine Bar und drei Räume mit Tischen für die Kartenspieler und ein *boccette*, ein Billardtisch ohne Löcher und Queues. Die schweren Billardkugeln werden geworfen oder gelegt und laufen nervenaufreibend langsam genau dorthin, wo sie der andere Spieler haben will. Nur mir gelingt das nie.

Wenn ich im Laufe eines Vormittags von der Trüffelsuche zurückkomme, ist es mir längst eine liebe Gewohnheit geworden, dem *circolo* einen Besuch abzustatten. Neugierig werde ich von der Handvoll Gäste, fast alle sind Rentner, nach der heutigen Beute befragt, und ich zeige nie zuviel davon her. Mein Trüffelgewand ist nicht sehr fein und nach der Jagd nicht sehr sauber, aber ich fühle mich darin so wohl, wie ein General in seiner Galauniform. Der *circolo* ist ein Club, der von der Kommunistischen Partei Italiens gefördert wird und steuerfrei ist. Die stets gutgelaunte Annapaola, schwarze Haare, immer schwarz und wohl dekolletiert gekleidet, arbeitet hier und wird von mir ab und zu mit einer schönen Trüffel beglückt. Würde sie einem Nichtmitglied einen Campari ausschenken, würde sowohl sie als auch das Nichtmitglied sich strafbar machen; wegen Steuerhinterziehung. Da ich Annapaola nicht in Gefahr bringen will, bin ich seit diesem Jahr *ARCI*-Mitglied und habe einen Ausweis, einen *tesserino*, für den ich immerhin 13 Euro Jahresbeitrag investiert habe. Ein Glas Wein kostet 40 Cent und ein Campari Soda einen Euro.

War die Ernte besonders gut, breitet sich der Trüffelsegen auch schon mal über Giovanni, unseren Polizeichef, aus oder über Gloria, die Bürgermeisterin, die mich kürzlich fragte, ob ich bereit wäre, der *presidente* der *banda*, der Stadtkapelle, zu werden. Ich bin mir sicher, das wird teurer, und habe deshalb um Bedenkzeit gebeten.

Attila und kein anderer

Wir haben uns dieses Fleckchen Erde freiwillig ausgesucht, wir wollten kein Deutschland oder Bayern mit besserem Wetter, wir wollten Italien, Mittelitalien. Niemand hat uns gerufen. Also versuche ich mich zu benehmen, wie sich ein Gast zu benehmen hat; der auch nicht seine Aufgabe darin sieht, seinem Gastgeber Verhaltensweisen oder gar Tischmanieren beizubringen. Spaghetti essen sich halt einfach leichter, wenn der Abstand zwischen Mund und Teller möglichst gering ist. Das haben auch wir längst festgestellt. Mit und ohne Trüffeln.

Attila ist nun neun Jahre alt, und er wird noch gut einige Jahre mit mir auf Trüffeljagd gehen, immer in der Hoffnung, doch noch eine Trüffel zu finden, die schwerer als 532 Gramm ist. Tolo habe ich übrigens nicht gekauft, weil ich ja Attila habe und gar keinen anderen Hund brauche; und weil Leonardo sich entschlossen hat, Tolo doch nicht herzugeben, da er ja ein so außergewöhnlich guter Hund ist, wie er glaubwürdig zu versichern weiß.

Trüffel-Latein

Amourette	galante Bezeichnung für Trüffel im Departement l'Yeuse/Frankreich
Caveur	(frz.) Trüffelsucher
Cercatore	(it.) Trüffelsucher
Gleba	Fruchtfleisch einer Trüffel
Hyphe	Pilzfaden, Teil des Myzels
Le Marche	die Marken; mittelitalienische Region mit der Hauptstadt Ancona
Molise	süditalienische Region mit der Hauptstadt Campobasso
Mykhorriza	(gr.: rhiza = Wurzel). Symbiose zwischen höheren Pflanzen und Pilzen. Der Pilz lockert den Humusboden und liefert der Pflanze Wasser und Mineralsalze; die höhere Pflanze versorgt die Trüffel mit Kohlehydrate und Chlorophyll.
Myzel	(gr.: mykes = Pilz), auch Myzelium, Fadengeflecht, Pilzlager, fädiger, meist verzweigter Vegetationskörper der Pilze. Am Myzel bilden sich die Fruchtkörper (Trüffel).
Peridium	Außenhaut einer Trüffel

Périgord	entspricht dem südwestfranzösischen Departement Dordogne
Piemont	norditalienische Region mit der Hauptstadt Turin
Rabasse, la	(frz.) Bezeichnung für Sommertrüffel in der Provence
Rabassier	(frz.) Bezeichnung für Trüffelsucher in der Provence
Scorzone	(it.) volkstümlich für die Sommertrüffel *(tuber aestivum)*
Sporen	netzadrige oder stachelige Körper in den Schläuchen im Fruchtkörper einer Trüffel, die das Myzel reproduzieren
Tartufaia	(it.) Bereich eines Grundstücks, in dem Trüffeln wachsen
Tartufaio	(it.) Trüffelsucher, Trüffelhund
Tartufaro	(it. Dialekt) Trüffelsucher (Le Marche)
Tesserino	(it.) Ausweiskarte des Trüffelsuchers
Trifolao	Trüffelsucher, aber auch Trüffelhund (Piemont)
Trüffelgebiet	Gebiet, Grundstück, in dessen Boden Trüffeln wachsen
Trüffelhobel	Küchengerät, fein einstellbarer Hobel, meist aus Edelstahl
Trüffelhund	für die Trüffelsuche ausgebildeter Hund
Trüffelschwein	für die Trüffelsuche ausgebildetes Hausschwein oder gezähmtes Wildschwein (ist in Italien verboten)

Tuber	(lat.: Schlauch) Gattung der Schlauchpilze, deren Myzel im Waldhumus lebt und mit den Wurzeln der Waldbäume, aber auch sonstigen höheren Pflanzen eine Mykhorriza bildet. Sie sind innen marmoriert durch hellere und dunklere gewundene Gänge, die mit einer Fruchtschicht ausgekleidet sind. Diese Schicht enthält die Sporenschläuche. Reife Fruchtkörper zerfallen durch Fäulnis und ermöglichen dadurch die Reproduktion.
Vanghetta	(it.: la vanga = Lanze) auch Vanghina, kleine, sehr robuste Lanze, Stecheisen zum Trüffelausgraben. Länge etwa 60 Zentimeter
Zappa	Hacke für die Trüffelsuche, die im Piemont verwendet wird

Tuber

Tuber magnatum pico

auch *tuber albidum, tuber album,* volkstüml. Bezeichnung: Herrentrüffel, Magnatentrüffel, auch nicht ganz korrekt: Alba- oder Piemont-Trüffel. Vorkommen: Piemont, Le Marche, Molise, Emilia-Romagna, Toskana, Umbrien, Istrien, Kroatien, Slowenien. Farbe: blaß oder intensiv ocker, oft fleckig. Geruch: intensiv, nach Knoblauch, Brühe, Kohl, altem Käse, Sperma, morbid. Saison: Oktober bis Dezember. Sehr wertvoll, die teuerste Trüffelart.

Tuber melanosporum Vitt.

(lat.: melanos = schwarz, lat.: sporum = Sporen) oder *tuber nigrum,* volkstüml. Bezeichnung: Périgord-Trüffel, *tartufo nero pregiato*, *tartufo di Norcia,* Norcia-Trüffel. Farbe: schwarz. Geruch: sehr fein nach Brühe, Moschus, Kohl und Muskat. Vorkommen: Frankreich – Périgord, Dordogne, Tricastin. Italien – Umbrien, Le Marche, Molise, Toskana, vereinzelt Piemont. Saison: Dezember bis Januar

(Italien), in Frankreich bis März. Sehr wertvoll, zweitteuerste Trüffelart.

Tuber aestivum Vitt.

Sommertrüffel, volkstüml. Bezeichnung: Maitrüffel, Johannistrüffel, *scorzone* (it.). Farbe: schwarz. Geruch: nussig, teilweise nach Steinpilzen, Moschus, Humus, Moos. Vorkommen: Italien – Veneto, Umbrien, Toskana, Piemont, Molise, Le Marche, Emilia-Romagna, Abruzzen. Frankreich – Provence, Dordogne. Ungarn, Spanien. Früher (bis 19. Jahrhundert) Südbaden, Hessen. England. Saison: Mai bis Dezember, in Le Marche Juni bisAugust und Oktober bis Dezember. Kulinarisch sehr gut, in der Gastronomie unterbewertet.

Tuber borchi Pico, bianchetto

tartufo marzuolo, auch fälschlich *tuber album. Criadilla de tiera* (span.), volkstüml. Bezeichnung: Märztrüffel, Erdbrieschen, *grumelo* (span.). Farbe: beige-grau bis ocker, teilweise mit hell- bis dunkelbraunen und rötlichen Flecken. Geruch: sehr intensiv, teilweise aufdringlich nach überlagertem Käse und/oder Knoblauch.

Vorkommen: Italien – Le Marche, Umbrien, Emilia-Romagna, Toskana, Molise. Nordspanien. Saison: Januar bis April. Kulinarisch gut verwendbar, aber nicht sehr gefragt. Sehr intensiv im Geschmack, bei Genuß von zu großer Menge schwer verdaulich. Sie werden meist zu Trüffelcrème verarbeitet.

Tuber brumale Vitt.

oder *tuber forma moscatum Ferry;* Wintertrüffel, *tartufo moscato* (it.), volkstüml. Bezeichnung: *tartufo bitumoso, tartufo d'inverno* (it.).
Ähnlich der Périgord-Trüffel. Farbe: schwarz. Geruch: nach Muskat, Moschus, wenn sehr reif, oft aufdringlich nach Bitumen. Vorkommen: Italien – Le Marche, Umbrien, Toskana, Emilia-Romagna, Veneto, Abruzzen. Saison: Dezember bis März. Kulinarisch recht gut verwendbar; sie werden oft in betrügerischer Absicht unter Périgord-Trüffeln gemischt.

Tuber mesentericum Vitt.

oder *tuber de Ferry,* volkstüml. Bezeichnung: *tartufo del Campo, tartufo forte* (it.). Farbe: schwarz. Geruch: stark, aber

fein nach Pilzen und Waldboden. Vorkommen: Le Marche, Umbrien, Toskana, Emilia-Romagna, Veneto, Abruzzen. Saison: Dezember bis März.
Kulinarisch recht gut verwendbar, in Deutschland aber weitgehend unbekannt.

Tuber macrosporum Vitt.

außen schwarz, ähnlich der Sommertrüffel, aber nicht so stark gewarzt, etwas heller. Angenehmer Duft, aber selten. Oktober bis Dezember. Vorkommen: Italien und Frankreich.

Schiefertrüffel

wächst in Deutschland in Franken (Frankenwald) in verrotteten Schieferhalden und Schieferbrüchen, meist in der Nachbarschaft von Birken unter leicht erhöhten Steinplatten. Kulinarisch gesehen eine Kuriosität mit gutem Duft nach Steinpilzen.

Tuber uncinatum

oder *tartufo di Borgogna,* Burgundertrüffel. Ist der Périgord-Trüffel ähnlich, hat weniger Duft, ist selten. Vorkommen im Herbst in Italien und Frankreich.

Terfezia leonis Tulasne — *terfezia bonis, terfas, terfez, tartufo del deserto* (it.), *biancaneve* (it.), Wüstentrüffel, afrikanische Trüffel, Schneeweißchen, gelbe Trüffel. Sie duftet nach Steinpilzen und wächst im sandigen Boden der Mittelmeerländer. In Sardinien, wo es früher kaum Schweine gab, wurde sie mit weiblichen Ziegen gesucht.

Tuber indicum himalayensy — oder Himalaya-Trüffel. Sie ist vom Aussehen der Périgord-Trüffel ähnlich. Innen dunkelbraun mit starken weißen Venen. Hat wenig bis gar keinen Geschmack und Geruch und einen geringen Marktwert. In Italien ist der Vertrieb verboten. Sie wird immer wieder in betrügerischer Absicht unter andere Trüffelarten gemischt und verkauft.

Kammeh, kemma, dscheme, kamés (frz.) — *tuber pfeilii, terfezia boudieri*, Kalahari-Trüffel. Feigenförmige weiße Trüffelart, die aus der Gegend um Damaskus und Bagdad stammt, aber auch in der Wüste Kalahari in Namibia, im Südwesten Afrikas, vorkommt. Sie hat eine weichere Struktur als andere Trüffelarten und muß vor der Verarbeitung sehr gut gesäubert und geschält werden. Ihr Aroma ist am feinsten, wenn sie reif und damit weich ist. Sie wird in Arabien in den Monaten März und April, in Afrika im Mai geerntet. Schon die Römer kannten die kulinarischen Vorzüge dieser Trüffel. Im 19. Jahrhundert wurde sie »Steib« genannt. In Arabien wird sie gerne mit Lammfleisch zubereitet. In den nördlichen Provinzen Saudi-Arabiens geben die Behörden seit kurzem Lizenzen für die Trüffelsuche aus, damit Wilderer nicht, als Trüffelsucher getarnt, in den Naturschutzgebieten jagen können. Nach Deutschland wird die Kalahari-Trüffel heute in gefrorenem Zustand exportiert.

Choiromyces meandriformis

oder Mäandertrüffel, Schweinetrüffel, Weißtrüffel, weiße Trüffel. 4–12 cm Durchmesser, Farbe außen weißlich, graugelblich oder ockergelb. Innen fest, weißfleckig, adrig. Vorkommen: Deutschland, vornehmlich in Bayern und Sachsen. Roh ungenießbar bis giftig (sehr verdauungsfördernd). Sie wächst aus dem Boden heraus und kann leicht mit einem Stein verwechselt, aber auf diese Weise gefunden werden. Sie wurde früher bis zu zwei Stunden gekocht, um sie genießbar zu machen, oder getrocknet, um sie als Würze über Speisen zu reiben. Sie ist von Juni bis November in Laub- und Nadelwäldern zu finden.

Tuber rufum, tartufo rosso oder russo

Walnußgroß, hartes Peridium, dunkelocker bis rotbraun. Innen rötlich mit weißen Venen. Hat einen sehr starken, nicht direkt unangenehmen Geruch. Ist giftig und nicht genießbar.

Tuber excavatum Vitt., hohle Hartträffel

Sie wird etwa walnußgroß, kugelig, ocker, hart und hat fast immer eine Vertiefung. Intensiver, aufdringlicher Geruch nach Nitro. Giftig, ungenießbar.

Dank

Ich habe in der mittelitalienischen Region und vor allem in »meinem« Örtchen Monte San Vito von Anfang an eine große Gastfreundschaft erlebt. Daraus sind viele Freundschaften entstanden. Mit *avvocato* Giovanni Proccacini habe ich die ersten Trüffeleien erlebt, mit Franco Veroli die ersten Trüffelgeheimnisse ausgetauscht – dafür danke ich den beiden von Herzen. Aber auch meiner Nachbarin Innocenza Allegrezza-Bernardi, die mich immer wieder vor dem Hungertod erretten mußte; ihrem Ehemann Paolo Allegrezza, der mich jeweils zum richtigen Zeitpunkt mit Wein aus seiner *cantina* versorgt und zum Flugplatz bringt; meiner Familie, die mich in Peißenberg wochenlang mit zerzausten Haaren, wirrem Blick und mit tausend Büchern um mich herum, keine laute Musik duldend, am Laptop sitzend, ertragen mußte; all meinen bayerischen und italienischen Mitmenschen, denen ich seit Jahren gefragt oder ungefragt mit dem Thema Trüffeln komme, und schließlich meinen Freunden, den Versuchskaninchen, die für die Optimierung der Trüffelgerichte herhalten mußten – und die nach all den Mahlzeiten noch gesund und am Leben sind.

Nigel Slater

Halbe Portion

Wie ich lernte, die englische Küche zu lieben. Aus dem Englischen von Karen Lauer. 336 Seiten. Gebunden

Im Leben von Nigel Slater dreht sich alles ums Essen und Schmecken, und das war noch nie anders. In »Halbe Portion« erinnert er sich, wie er als Junge die wundervolle Welt des Essens für sich entdeckte und seine Leidenschaft fürs Kochen mit Kartoffelbrei, Lammbraten und »Butterscotch Flavour Angel Delight« entzündet wurde …
Zugleich erzählt er die rührende Geschichte einer englischen Kindheit – mit einer Mutter, die Toast so sicher verkohlte, wie jeden Morgen die Sonne aufgeht, mit Cheese Footballs, den mit Käsewürfeln gespickten Grapefruits und mit »Real Food«.

07/1006/01/R

PIPER

Henning Klüver
Gebrauchsanweisung für Italien

191 Seiten. Gebunden

Alle lieben Italien – das Land, wo die Zitronen blühen, wo die Frauen schön sind und der Espresso aromatisch. Glaubt man. Aber was blüht jenseits des Brenners wirklich? Was essen die Italiener, wenn die Mamma keine Lust auf Pizza und Pasta hat? Und warum tragen fast alle unsere Schuhe das Gütesiegel Made in Italy?
Henning Klüver weiß es. Mit leichter Hand widmet er sich den ureigensten Domänen der Italiener: der Familie und der Mafia, der Mode und der Piazza, der Kirche und dem guten Essen. Er kennt den Unterschied zwischen Osteria und Ristorante, er weiß, warum die italienische Innenpolitik einer Daily Soap in nichts nachsteht und wieso schon lange kein Italiener mehr ohne Handy auskommt.

01/1065/01/L

Tuber aestivum vittadini
Tuber rufum
Tuber melansporum vittadini
Tarfezia leonis Tulasne
Tuber brumalis vittadini
Tuber albidum